FATOS & CONTOS

Editora Appris Ltda.
1.ª Edição - Copyright© 2023 do autor
Direitos de Edição Reservados à Editora Appris Ltda.

Nenhuma parte desta obra poderá ser utilizada indevidamente, sem estar de acordo com a Lei nº 9.610/98. Se incorreções forem encontradas, serão de exclusiva responsabilidade de seus organizadores. Foi realizado o Depósito Legal na Fundação Biblioteca Nacional, de acordo com as Leis nos 10.994, de 14/12/2004, e 12.192, de 14/01/2010.

Catalogação na Fonte
Elaborado por: Josefina A. S. Guedes
Bibliotecária CRB 9/870

L979f
2023
	Luz, Nilton Rodrigues da
	   Fatos e contos / Nilton Rodrigues da Luz.
	   1. ed. - Curitiba : Appris, 2023.
	   154 p. ; 21 cm.
	
	   ISBN 978-65-250-3779-0
	
	   1. Contos brasileiros. 2. Pescaria. 3. Rios. I. Título.
	
	                                            CDD – 869.3

Editora e Livraria Appris Ltda.
Av. Manoel Ribas, 2265 – Mercês
Curitiba/PR – CEP: 80810-002
Tel. (41) 3156 - 4731
www.editoraappris.com.br

Printed in Brazil
Impresso no Brasil

Nilton Rodrigues da Luz

FATOS & CONTOS

FICHA TÉCNICA

EDITORIAL	Augusto Vidal de Andrade Coelho
	Sara C. de Andrade Coelho
COMITÊ EDITORIAL	Marli Caetano
	Andréa Barbosa Gouveia (UFPR)
	Jacques de Lima Ferreira (UP)
	Marilda Aparecida Behrens (PUCPR)
	Ana El Achkar (UNIVERSO/RJ)
	Conrado Moreira Mendes (PUC-MG)
	Eliete Correia dos Santos (UEPB)
	Fabiano Santos (UERJ/IESP)
	Francinete Fernandes de Sousa (UEPB)
	Francisco Carlos Duarte (PUCPR)
	Francisco de Assis (Fiam-Faam, SP, Brasil)
	Juliana Reichert Assunção Tonelli (UEL)
	Maria Aparecida Barbosa (USP)
	Maria Helena Zamora (PUC-Rio)
	Maria Margarida de Andrade (Umack)
	Roque Ismael da Costa Güllich (UFFS)
	Toni Reis (UFPR)
	Valdomiro de Oliveira (UFPR)
	Valério Brusamolin (IFPR)
SUPERVISOR DA PRODUÇÃO	Renata Cristina Lopes Miccelli
ASSESSORIA EDITORIAL	Débora Sauaf
REVISÃO	Juliane Soares e José A. Ramos Junior
PRODUÇÃO EDITORIAL	Bruna Holmen
DIAGRAMAÇÃO	Renata Cristina Lopes Miccelli
CAPA	Eneo Lage
REVISÃO DE PROVA	William Rodrigues

Dedico esta obra a minha esposa e aos meus filhos, Raphael Dias Luz e Juliana Dias Luz.

AGRADECIMENTOS

Agradeço a toda a minha família e amigos, principalmente meu cunhado, Maurício Matias, diretor do jornal Correio Popular e Revista, e minha irmã Nilva Santiago, que sempre me incentivaram a escrever minhas memórias para que fosse colocado no papel toda a minha experiência de vida.

APRESENTAÇÃO

Convidou-nos o conterrâneo Nilton Luz para apresentar o seu livro *Fatos e Contos*. Apesar do prazo estar curto, não tergiversei em aceitar esta solicitação que para mim é uma honra.

Nilton é oriundo de uma família que há um século mantém amistosa convivência e amizade fraterna com nossa família, principalmente com os descendentes de meu avô paterno. Como este, o avô paterno de Nilton, Procópio Rodrigues de Oliveira, era mineiro e veio para Itaberaí na década de 1920, no auge da migração de mineiros para a região. O pai de Nilton, Otávio Rodrigues de Oliveira era irmão de Pedro Rodrigues de Oliveira, conhecido por Pedro Procópio, autor da ideia de construir um povoado, hoje a cidade de Itaguari.

Família unida, religiosa, tem dado à sociedade itaberina excelentes cidadãos, trabalhadores, com vida morigerada e voltados para o bem comum. São cultores da boa leitura, sendo vários de seus membros escritores, especialmente na categoria crônica e contos. Não se pode deixar de apontar, também, a verve musical da família, sobressaindo o Nelson, nosso confrade na Academia Itaberina de Letras e Artes. Aliás, Nilton é um assíduo frequentador da AILA, sempre presente nas solenidades e outros eventos que ali ocorrem.

O trabalho de Nilton integra o gênero conto memorialístico. Aqui e ali ele apresenta ao leitor as memórias que traz consigo. Recorda, amiúde, os "causos" contados por seu avô e por seu pai, mas deixa registrado as suas próprias memórias, desde sua infância na fazenda Cachoeira, perto de Itaguari, Curral Queimado, no município de Itaguaru e em outra fazenda perto de Calcilândia. Diríamos que essas três fazendas são cenários que têm Itaberaí como o pano de fundo do enredo memorialístico de Nilton. Mesmo que o autor mencione outros lugares onde morou ou esteve, como Brasília e muitas outras cidades onde residiu por força de seu trabalho, como Goiânia, Cuiabá, Vitória e Belo Horizonte, é Itaberaí a pedra de toque que o leva a recordar sua vida quando ainda criança, sua adolescência e juventude, as responsabilidades e fatos novos vistos em sua vida de homem-feito.

A leitura do livro de Nilton é muito agradável. O autor consegue prender o leitor. E a essa maestria tão importante para quem escreve, é preciso apontar que Nilton é um escritor que preza pela didática. Seus contos são curtos, sem muitos floreios, sem que, por isso, não construa um enredo rico, com períodos bem amarrados e o caminho narrativo excelente, como se em cada crônica o autor, milimetricamente, observasse com rigor seu começo, meio e fim.

A obra de Nilton extrapola o interesse apenas de familiares e amigos. Muitos dos casos que conta, se já não fazem parte do patrimônio imaterial de Itaberaí, após a leitura de seu livro irão integrá-lo, certamente. Portanto, o interesse é de toda a comunidade itaberina. O livro *Fatos e Contos* traz um pouco de sua memória pessoal, mas a partir do momento em que for partilhada com os leitores, tornar-se-á uma memória coletiva, pois integrará o arcabouço do imaginário itaberino e, de certa forma, fortalecerá, também, como ingrediente cultural, a identidade coletiva de nosso povo.

A memória de Nilton faz deslizar na tela mental do escritor nomes de pessoas que muitos conheceram ou ouviram dizer: Pedro Quilu, Pedro Procópio, Coronel João Caldas, Dr. Gilberto Caldas, Nelson da Miguelina, Ismar o

Medroso e muitos outros personagens que já dormem o sono eterno, mas que são revividos e como personagens redivivos ganham um lugar na memória escrita de Nilton, ou seja, personagens que antes se quedavam esquecidos, como que ressuscitam e entram para a história. Afinal a história tem por objeto o homem e seus feitos, é uma ciência que estuda os homens no tempo, como disse o historiador Marc Bloch. Porém, a história é construída, fruto de vestígios do passado, enquanto a memória é algo maior, mas que se não for apresentada como o é pela escrita, tende a não ser conhecida.

Esse raciocínio é para demonstrar que o trabalho de Nilton tem interesse também para os que querem conhecer nossa história, a história de nossa gente, a amálgama de pessoas vindas de outras regiões de nosso país e que aqui se fundiram aos antigos curralinhenses e aos novos itaberinos. Destarte, esses homens e mulheres da era sertaneja, formaram nossa cultura, um povo com identidade própria, uma memória rica e uma história que deve registrar o passado para, lançando luzes para o futuro, não repetir os mesmos erros e caminhar para a construção de uma sociedade com mais acertos.

Prezado Nilton, poderia escrever mais sobre o seu livro que, tenho certeza, será um sucesso. Mas não posso tirar do leitor o prazer de conhecer sua escrita e sua verve de escritor. O escritor aqui é você; eu, seu leitor honrado e agradecido pela deferência.

Parabéns por *Fatos e Contos*! Que venham outros livros, Nilton. Os ávidos leitores e cultores da boa leitura agradecerão!

Antônio César Caldas Pinheiro
Da Academia Goiana de Letras e Academia Itaberina de Letras e Artes

SUMÁRIO

SE MEU FUSCA FALASSE 15
MANÉ LOTERO 25
A PESCARIA 26
POR AMOR 29
FOI APENAS UM SONHO? 31
O MACHÃO 33
RELEMBRANDO O PASSADO 35
ÀS VEZES É PRECISO MUDAR 37
O ITABERINO PÃO-DURO 39
MÃE 41
A VIAGEM 43
PEDRO PROCÓPIO 45
ONDE MORA A FELICIDADE 48
O VIZINHO CURIOSO 51
O HOMEM E A NATUREZA 53
BRINCADEIRA DE CRIANÇAS 55
ONÇA MANETA 56
A SINCERIDADE DAS CRIANÇAS 58
DIA DAS CRIANÇAS 60
CORONEL PEDROSO 61
ZÉ, O MOÇO APAIXONADO 64
UM NOVO AMOR 67
JUÍZO 69
FESTA NA ROÇA 71
EGOÍSMO OU FALTA DE EDUCAÇÃO? 73
TKR 75
CINE TEATRO ARAGUAIA 77
A VIDA NUNCA FOI FÁCIL 79
SEM PROBLEMAS 82

SOPA DE PEDRA	84
O HOMEM DA ESTRADA	86
O CONTO DO VIGÁRIO	88
CORONEL JOÃO CALDAS	90
ITABERAÍ DO RIO DAS PEDRAS BRILHANTES	93
VELHO CARRO DE BOI, VELHAS LEMBRANÇAS	95
NADA SERÁ COMO ANTES	97
O MOTORISTA DE ÔNIBUS	99
A FOGUEIRA	101
INTUIÇÃO?	102
RIO DAS PEDRAS BRILHANTES	105
PEDRO QUILÚ, O ANDARILHO	107
O TAXISTA	109
Ô VIDA MAIS OU MENOS	111
O TELEVISOR	114
ZÉ, O HERÓI	116
CHEGADAS E PARTIDAS	118
O BÊBADO	119
COMO FAZER UM BOM NEGÓCIO	120
A FÉ REMOVE MONTANHAS	123
MEU PAI, MEU HERÓI	125
NELSON DA MIGUELINA E A ASSOMBRAÇÃO	128
ISMAR, O MEDROSO	130
O CORTADOR DE CANA	132
MONOTONIA	133
O AJUDANTE DE LEITEIRO	135
ELEIÇÕES	137
A VIAGEM	139
UM RAIO DE LUZ	140
A VISITA	142
O BAILE NA ROÇA	144
ZÉ DO PONTO	146

SE MEU FUSCA FALASSE

Trabalhando em um banco privado e sediado em Brasília, responsável por todas as agências do nordeste goiano, além de Barreiras, na Bahia, e demais agências do Distrito Federal, eu tinha que visitar essas cidades pelo menos uma vez por mês. Saía de Brasília numa segunda-feira e voltava na sexta-feira. Começava o meu giro visitando São João da Aliança, Cavalcante, Arraias, Campos Belos, Taguatinga, Barreiras, retornava por Posse, Guarani de Goiás, Iaciara, encerrando o giro em Alvorada do Norte. Nem sempre foi fácil, estradas ruins, sem asfalto, pontes precárias, hotéis de quinta etc.

Durante o período que trabalhei nessa região, aconteceram fatos marcantes na minha vida que jamais esquecerei. Alguns alegres, outros de sofrimentos e decepções.

Vou tentar lembrar aqui de alguns mais marcantes, talvez o leitor nem dê importância aos fatos que aqui serão narrados, mas realmente aconteceram comigo. Era um mês de outubro, ainda não havia chovido naquela região, o calor e a falta de umidade no ar eram insuportáveis. Saí de Brasília numa segunda-feira bem cedo pra ganhar tempo, começando meu giro por São João da Aliança, depois Cavalcante, e fui almoçar em Santa Terezinha de Go. Terminei o almoço e saí apressado, pois ainda queria fazer Arraias e dormir em Campos Belos. Após rodar uns 20 km, meu carro, um Volkswagen Brasília, travou o câmbio e a única marcha que conseguia engatar era a ré. Depois de quase duas horas tentando, resolvi voltar de fasto até uma casinha de pau a pique a uns 5 km atrás e deixar lá o veículo pra que o morador, um senhor moreno de cabelos grisalhos, se encarregasse de arrumá-lo até eu voltar. Conseguir uma carona pra qualquer um dos lados era como ganhar na loteria. Não passava ninguém, aquilo era um deserto, uma sequidão, os córregos todos secos, um sol abrasador, que sufoco. Mas como milagres às vezes acontecem, consegui uma carona de volta para Santa Terezinha, e minha intenção era pousar e pegar uma carona no dia seguinte com o Zé Doido, que era o motorista do banco e andava num Jipe Toyota Bandeirante levando e trazendo os malotes de correspondências entre as agências.

No dia seguinte, levantei-me cedo, tomei o café, acertei o hotel e fui para o ponto esperar o transporte, ele passava sempre por volta das oito até nove horas e sempre abastecia no único posto de combustível do lugar, só que naquele dia sua rota foi alterada e ele passou por Alvorada, Iaciara e Posse, e eu fiquei no toco o dia inteiro. Incrível, não passou ninguém naquele dia, a noite no hotel é que ficamos sabendo que havia caído um caminhão carregado de cimento na ponte do rio próximo à cidade. Foi-se a terça, foi-se a quarta, e só na quinta-feira é que o Zé Doido apareceu e foi me procurar no hotel, dizendo que todos estavam preocupados comigo, pois ninguém tinha notícias minhas.

Relatei o que tinha ocorrido, e ele disse:

— Vou te rebocar até Campos Belos.

Chegando no local, amarramos a Brasília na traseira do Toyota e pedi ao colega que tocasse devagar, pois na estrada havia de muito cascalho, poeira e muitas curvas. Que nada, o Zé já saiu com tudo; chegando em um povoado chamado Monte Alegre de Goiás, ele parou em uma pequena oficina e perguntou se eu queria ficar ali pra consertar o câmbio do carro, quando fui ver a frente da Brasília, parece que ela tinha levado um jato de areia, tinha acabado toda a pintura, os faróis quebraram todos, já chateado eu disse, "Vamos perguntar ao dono da oficina se ele seria capaz de reparar o defeito do carro", no que ele disse que podia tentar, e avisou que não entendia nada de Volkswagen, que só entendia de mecânica Fiat, concordei com ele e disse que iria ficar para ajudá-lo. Nisso o Zé falou: "Se não der certo amanhã levo você para Campos Belos", e se mandou.

O mecânico, um paranaense de estatura mediana, chamado Valdeci, muito boa gente, suspendeu o carro, desceu o motor, tirou a transmissão para ter acesso ao câmbio e começou a luta para tentar abrir a caixa de marcha, tirou parafusos, bateu para ver se abria, fez de tudo e não conseguiu, a falta de experiência era total. Depois de duas horas de tanto tentar e bater na caixa, tivemos a impressão de que o problema tinha sido resolvido, já se conseguia mudar as machas. Já era meio-dia e ele disse "Vamos almoçar e depois continuamos, acho que dá para você continuar sua viagem".

Depois de uma hora, voltamos do almoço, ele colocou de volta a transmissão, o motor, apertou todos os parafusos, desceu o carro e disse:

— Dê partida e tenta sair com o carro.

Quem disse que o carro saiu do lugar? Nada, continuava tudo na mesma. Lá vai o Valdeci fazer tudo de novo e tentar mais uma vez, repetindo todos os procedimentos anteriores, e nada conseguiu, usou até talhadeira para ver se conseguia abrir o câmbio, nada. Já eram cinco horas da tarde quando ele humildemente me perguntou se eu não ficaria chateado de ele largar de mão, pois havia chegado a uma conclusão de que aquele problema não era para ele, e fez questão de frisar mais uma vez que só entendia de Fiat. Eu disse: "De jeito nenhum, você fez o que pôde".

Montou tudo como estava, e quando fui acertar com ele o seu trabalho, não quis cobrar nem um centavo.

Contra a sua vontade dei-lhe algum dinheiro e fomos a um barzinho próximo tomar uma cerveja para encerrar o dia.

Na manhã seguinte, fui para a porta da oficina esperar pelo Zé Doido, que passou lá pelas nove e meia. Amarramos meu carro novamente na traseira do Toyota e tocamos para Campos Belos, fomos direto para uma oficina de um tal Nelson, muito boa gente, que ouvindo a minha história disse: "Não se preocupe, no máximo duas horas estará tudo pronto, e se você quiser saber como funciona fique por aqui". Agradeci e fiquei por ali observando.

Sua equipe suspendeu o carro, desceram o motor, a transmissão, tiraram fora as duas pontas de eixos e ele enfiou a mão dentro da caixa e saiu com toda a engrenagem do câmbio. E aí ele disse: "Olha aqui o problema, esse dedo de aço fixado nesta barra de metal que move as engrenagens para mudar as marchas frouxou e por isso não funcionava".

E também me avisou que teria que trocar a engrenagem da quarta marcha, pois era o motivo de estar sempre escapando.

Depois de pronto, acertei com ele e fui dar uma passada na agência para dar notícias a quem procurasse por mim, e para justificar a minha viagem na região.

Saí de Campos Belos com retorno a Brasília, por volta das três horas da tarde, não podia perder tempo, pois a estrada era muito ruim, pontes em mau estado de conservação, além da distância de 400 km. Quando já estava próximo a Santa Terezinha, caiu uma chuva daquelas que parecia mais uma tempestade de tão grossa, e por sinal, a primeira chuva daquele ano. O pequeno córrego pelo qual passei no dia anterior, que estava sem uma gota de água, transbordou e levou a ponte, ficando apenas as vigas. O ônibus que fazia aquela linha foi tentar passar, uma das rodas dianteiras escorregou da viga e ele ficou preso lá em cima. Eu não queria acreditar no que estava acontecendo e perguntava: "Será, meu Deus, que vou passar mais um dia aqui neste sertão?" Fui pra dentro do carro e tirei uma soneca por mais de uma hora, quando acordei já tinha uns dez carros de cada lado esperando uma solução. Foi quando eu observei que a água já havia baixado bastante, mas ainda com uns vinte centímetros de altura, bastante correnteza e com uma largura aproximada de três metros. Tinha uma pequena passagem abaixo da ponte e na outra margem havia duas enormes pedras que com sorte dava para passar entre elas, pensei: "Vou arriscar".

    Desci do carro, fui até os passageiros do ônibus e perguntei se alguém podia me ajudar a atravessar no vau, pois podia acontecer alguma coisa de errado, como a correnteza levar o carro para baixo ou patinar e não sair do leito do córrego, mas ninguém quis ajudar e ainda disseram que jamais eu conseguiria. Voltei pra dentro do carro, dei partida e fui devagar até a margem, peguei com Deus, acelerei e saí com tudo, quando o veículo chegou no meio do leito do córrego, a água quis levá-lo correnteza abaixo, mas como estava embalado começou subir a outra margem, e aí começou a patinar e não subia, e eu não podia deixar voltar, porque senão ia rodar água abaixo. Continuei acelerando com tudo, e ao mesmo tempo eu escutava a vaia do pessoal que estava assistindo, mas não desisti. Até que de repente o pneu firmou em um cascalho, avançou para frente e a Brasília foi direto na pedra grande que havia do outro lado, com isso toda a lateral direita do carro foi para a cucuia. O importante é que eu consegui, já que a frente já estava toda detonada, um amassado ou dois a mais não fazia diferença. Peguei a estrada, desci do carro e fiz questão de me despedir do pessoal, dizendo a eles: "Primeiramente, obrigado pela ajuda", e depois eu disse "Fiquem aí, seus babacas".

Cheguei em Santa Terezinha já eram oito horas da noite, e o posto de combustível já estava fechando. Com um pouquinho de saliva consegui convencer o proprietário a abastecer o meu carro, pois se não conseguisse teria que ficar lá até a próxima segunda-feira, visto que naquela época era proibido abastecer nos finais de semana. Só sei que cheguei em Brasília já era mais de meia-noite.

Passados alguns meses fazendo o mesmo trajeto, eu troquei de carro, agora um Fusca usado, pois na época eu não dava conta de comprar um carro novo, por mais que eu trabalhasse não sobrava para investir em um veículo melhor. No final do dia eu estava em Taguatinga e resolvi pousar e sair de manhã bem cedo com destino a Barreiras, hospedei-me na única pensão que havia na cidade, tomei um bom banho, jantei e fui dar uma volta na praça. Sentei em um banco e fiquei observando as pessoas no vai e vem, as crianças correndo e brincando, alguns casais de namorados, e como estava muito quente, resolvi ficar até mais tarde. Quando faltava pouco para às dez da noite, mais ou menos, as pessoas começaram a se retirar bem apressadas, foi quando perguntei a um senhor o que estava acontecendo, e ele me disse que a energia da cidade era de motor e que seria desligada exatamente às dez da noite. Foi o prazo de chegar na pensão, entrar no quarto, e a luz acabou, que escuridão.

No dia seguinte, levantei-me por volta das seis horas da manhã, acertei o quarto, tomei o café e parti com destino a Barreiras. De Taguatinga até o pé da serra, ou seja, até a divisa do estado de Goiás e Bahia, são apenas 5 km, subi a serra por mais uns 5 km e já estava nos gerais da Bahia. Já no alto da serra, o fusquinha começou a ratear, deu o que fazer para subir, e lá em cima é um chapadão sem fim, na época era como estar num deserto, não se via nada, nenhum ser vivo, pássaros, e muito menos pessoas.

Pra chegar na rodovia que liga Brasília a Barreiras tinha que rodar uns 30 km por uma estrada de terra que parecia mais uma trilha. Se por algum motivo tivesse que sair da pista, podia atolar na areia e não conseguir sair. Mesmo com o carro engasgando rodei mais uns 10 km, resolvi parar e dar uma olhada no motor para ver se via alguma coisa de errado, olhei a bobina, chequei todos os cabos de velas e abri o distribuidor para ver se o platinado não estava colado. Tirei fora o "cachimbo", ou rotor, para dar uma lixada no terminal, mas assim que encostei na parte de metal ela se soltou. Isso era mais ou menos umas oito horas da manhã, e eu perguntei: "Meu Deus, e agora, o que eu faço?". Fiquei ali esperando que passasse alguém pra me dar uma carona, que era praticamente impossível. Pensei em voltar a pé para Taguatinga, mas não ia adiantar nada, mesmo porque já havia rodado uns 20 km, e se conseguisse chegar lá não havia loja de autopeças. Seguir em frente seria mais uns 20 km até a vendinha, já chegando na BR.

Resolvi sentar no banco do carro e ficar ali esperando. Quando foi lá pelas nove horas, passou um carro com um casal que ia para uma fazenda próximo a Taguatinga, contei minha história e pedi ajuda, mas me disseram que não podiam me levar, insisti com eles e nada, e tudo que fizeram para ajudar foi me dar um pedaço de Durepox, e disseram: "Vê se consegue colar". Agradeci e eles partiram, me deixando sozinho com o meu problema.

E lá fui eu tentar fazer um rotor com o que tinha em mãos, um pedaço de Durepox, um pedacinho de fio, tentei fazer uma ligação unindo as duas partes metálicas, coloquei a massinha em cima e fiquei aguardando secar. Passou dez minutos, vinte, trinta, olhava e continuava mole. Resolvi dormir um pouquinho dentro do carro e quando acordei já eram umas onze horas, fui verificar o dito cujo, já estava seco. Coloquei de novo o rotor no distribuidor e fui tentar fazer o carro funcionar, dei tantas partidas que a bateria arriou. Juro por Deus, fiquei tão chateado que me deu vontade de pôr fogo no carro e largar ele ali naquele deserto, mas pensei bem e falei comigo mesmo: "Não vou fazer isto, não", mesmo porque não tinha fósforo.

Tranquei o carro e resolvi partir rumo à rodovia, pois lá eu teria mais chance de conseguir socorro. O sol era tão quente que parecia que queimava até minha alma, a sede era insuportável, mas eu tinha que seguir caminhando por aquela estrada de areia e sempre na esperança que aparecesse alguém que pudesse me socorrer. Depois de muitos quilômetros, já quase próximo da rodovia e já exausto, ouvi um barulho de um carro que vinha no sentido Barreiras, parei em uma sombra de um pequeno arbusto e resolvi esperar, era um senhor muito alegre e prestativo que dirigia a sua camionete C-10, e antes de eu levantar a mão, ele parou e foi logo perguntando se eu era o dono daquele Fusca que estava parado no meio da estrada lá atrás, e eu disse que sim e lhe contei a minha história. Ele me disse que estava indo para Barreiras e me ofereceu carona, mas antes ele disse: "Vamos voltar lá e rebocar o seu carro até a rodovia, pois se deixar lá quando você voltar talvez não esteja mais lá". Subi na carroceria com mais três ou quatro pessoas que estavam indo de carona com ele pra cidade.

Depois de meia hora, chegamos até onde estava o carro, ele desceu, pegou uma corda que estava atrás do banco, amarramos no eixo dianteiro do Fusca e no para--choque da camionete e partimos. Quando chegamos na BR já eram três horas da tarde. Com fome e sede, entrei na venda, comprei um pacote de bolachas, tomei um copo d'água e pedi ao dono da venda para cuidar do carro até eu voltar, no que ele disse: "Pode ficar sossegado".

Subi de novo na carroceria da camionete e partimos, quatro horas da tarde chegamos em Barreiras, o motorista me deixou na porta de uma autopeças, e quando fui acertar com ele, não me cobrou nem um centavo, só me disse o seguinte: "Você fica com Deus, e faça o mesmo para o próximo que te pedir ajuda". Agradeci imensamente e me despedi desejando-lhe boa sorte.

Entrei na loja e fui logo pedindo a peça que eu precisava, ou seja, o rotor do distribuidor do Fusca, pois tinha pressa de voltar pra estrada e tentar uma carona, foi quando o atendente me perguntou o ano do carro e eu disse que era 77, e ele perguntou se a parte elétrica do carro era Bosh ou Wapsa. E aí ficou a dúvida, eu não sabia. E ele completou: "Neste ano a fábrica usou os dois fornecedores, e um não serve no outro". Que dilema! Resolvi levar os dois, perguntei quanto era, paguei e saí com destino à agência do banco para dar satisfação do meu paradeiro.

Após meia hora de conversa com o pessoal da agência, despedi-me dos colegas e parti com destino à ponte do Rio das Ondas, que corta a cidade e por onde passam todos com destino a Brasília. Atravessei a ponte e fiquei do outro lado dando com a mão para ver se algum filho de Deus parava pra me dar uma carona. Uns fingiam que não viam, outro davam sinal que não, outros acenavam que iam virar em algum lugar e nada. Depois de quase uma hora tentando, resolvi continuar andando para chegar próximo à serra, a mais ou menos uns 5 km e por onde todos com destino a Goiás ou DF tinham que passar, e minha estratégia parece que deu certo. Depois de uns vinte minutos apareceu uma camionete Toyota Bandeirante, levantei a mão e o motorista encostou. Contei a ele o que se passava comigo e pra onde eu queria ir e ele não entendeu nada, era um norte-americano que trabalhava em uma empresa que fazia pesquisas de petróleo na região, mas por sorte o outro gringo que estava com ele falava um pouco de português e deu sinal para que eu subisse na carroceria.

Chegamos no local onde estava o fusquinha já era oito horas da noite, desci da carroceria da camionete, agradeci e dei sinal que podiam ir embora, e eles disseram: "*Non, non*", e desceram também e acenaram que iam ajudar. Sorte minha, pois depois de colocar o rotor tivemos que empurrar o carro até pegar, e eles, parece que felizes, gritaram juntos dando um murro no ar: "*Yes, yes*". Agradeci a eles e também ao proprietário da venda por ter tomado conta do carro, e parti com destino a Goiás, chegando na cidade de Posse por volta das onze horas da noite.

Esta talvez tenha sido uma das últimas, se não a última viagem nessa região, porque logo a seguir o banco me transferiu para Cuiabá, para fazer todo o estado de Mato Grosso.

Agora, tentando relembrar dos fatos aqui relatados, senti uma saudade imensa, saudade de tudo, dos momentos alegres, dos momentos tristes e sofridos, das pessoas que conheci na época e muito mais da minha juventude, que, parece, ficou lá atrás nas minhas viagens.

MANÉ LOTERO

Humilde, simplório, meio matuto, assim era o Mané Lotero, que ao meu ver seria Manoel Otero. Morava só em uma casinha simples de pau a pique e cobertura de sapé construída nas terras de alguém.

Para sobreviver plantava uma rocinha com um pouquinho de tudo, milho, feijão, arroz, uns pés de mandioca. Tinha também um porquinho no cercado e algumas galinhas no terreiro.

No povoado ele construiu um quiosque de madeira com rodas, para removê-lo se fosse preciso, na pracinha da igreja, e ali vendia parte de sua produção, sendo: verduras, mandiocas, ovos, frangos, e, na temporada de milho-verde, fazia pamonhas para serem vendidas. Os poucos clientes que apareciam lhe perguntavam: "Seu Mané, tem pamonha hoje?". No que ele respondia: "Tem sim, tem com açafrão e sem açafrão". "E quanto é?". "De açafrão ou sem açafrão?". "Sem açafrão, Seu Mané". "Sem açafrão é $ 2,00 'miréis'". "E com açafrão?". "Com açafrão é $ 2,00 'miréis', também". Se vendia não sei, mas as moscas eram as suas clientes assíduas.

No período da seca, quando não havia milho-verde para fazer as tradicionais pamonhas, ele comprava dos vizinhos "cabaças", $2,00 "miréis" cada, partia no meio e transformava em duas cuias. Limpava tudo muito bem, lixava, punha para curtir e depois de prontas vendia lá no povoado a $1,00 "miréis" cada. "Sr. Mané, assim o senhor não ganha nada e ainda corre o risco de uma quebrar e o prejuízo ser ainda maior". "Não tem problema, não, eu faço isso para agradar os meus clientes".

Seu Mané Lotero, se ele existiu não sei, mas a lenda dele sim.

A PESCARIA

Era uma sexta-feira de setembro, saímos de Cuiabá com destino a Paranatinga por volta das seis horas da manhã, pois teríamos de percorrer 450 quilômetros via Rondonópolis, onde o Pinheiro, que era o motorista, e eu iríamos pegar mais um colega.

Saímos de Rondonópolis por volta das nove horas da manhã e seguimos por uma estrada toda esburacada e de muita poeira. Chegamos em Paranatinga por volta de uma hora da tarde e fomos direto almoçar, e em seguida para a agência do banco resolver o assunto que nos levou até lá.

Resolvido o problema, partimos de volta às quatro horas da tarde, e se rendesse a viagem chegaríamos em Cuiabá por volta das dez horas da noite. Rodados uns dez quilômetros, o Pinheiro nos disse: "Na próxima entrada à esquerda moram os meus irmãos, a uns cinco quilômetros da rodovia. Vocês se importam se eu der uma passadinha lá? É rápido". Dissemos: "De maneira alguma, pode passar".

Chegamos lá, foi uma bela recepção, um pessoal simples, mas muito acolhedor, e eles estavam com a tralha de pesca toda em cima de uma camionete para irem pescar. Quando dissemos que poderiam ir, que nós só estávamos de passagem, pois tínhamos que chegar a Cuiabá até as vinte e duas horas, eles disseram: "Não, vocês vão pousar aqui hoje e só vão embora amanhã".

O Pinheiro perguntou: "E aí, o que vocês acham?". O outro colega e eu respondemos: "Por nós tudo bem, mas vamos pescar com vocês". Eles saíram na frente para mostrarem o caminho e nós seguimos logo atrás. A estrada era na verdade uma trilha por onde o gado passava no meio da vegetação para ir até a beira do rio tomar água.

Enquanto íamos, fomos observando os animais selvagens atravessando à nossa frente, catitús, antas, veados e outros tantos. Meia hora depois, estávamos às margens do Rio Coluene.

Havia um rancho pau a pique coberto por palha, onde no passado era colhido o arroz plantado naquela área desmatada e que se tornara uma verdadeira saroba, nem mato, nem roçado.

Após a acomodação, pegamos a traia de pesca, fomos para a beira do rio e jogamos os anzóis, e foi até as oito horas da noite e nada. Como não sou pescador e não entendo nada, pensava que apenas eu não estava conseguindo pegar alguma coisa. Fui ver os colegas e também não pegaram nada.

Voltamos para o rancho, prepararam alguma coisa pra comer, e enquanto fazíamos a refeição, jogávamos conversa fora, os irmãos do Pinheiro falaram da rotina de suas vidas, contavam histórias, e pra variar, não sei se para nos amedrontar, contavam causos de onça e sempre dizendo que ali na região havia muitas.

Já passava das vinte e duas horas quando resolvemos dormir. Me deram uma rede e disseram para amarrá-la no fundo do rancho, que eles iriam dormir em colchões no chão, enquanto um deles arrumou a cama em cima do banco de pau roliço que era usado para bater o arroz.

Eu estava tão cansado que deitei na rede e apaguei. Mas, quando foi lá pela uma hora da madrugada, eu acordei com um bicho rondando o rancho e já fiquei com o cabelo todo arrepiado. Fiquei pensando: "O que seria?". Pensava no pior, ou seja, uma onça, mas ao mesmo tempo eu dizia pra mim mesmo: "Se for uma onça e entrar no rancho vai pegar quem está no chão logo na entrada".

Mas que nada, aquela coisa entrou pela porta do rancho pisando as folhas secas, fui acompanhando os seus passos até chegar onde eu estava, confesso, fiquei transtornado de tanto medo. Juntei com as mãos a beirada da rede e fiquei esperando o golpe fatal. Quando a fera chegou em cima de mim para cheirar, eu juntei as beiradas da rede e me enrolei todo, e aquela coisa no susto saiu em disparada pelo mato afora.

De manhã, quando me levantei e fui ter com o pessoal que estava sentado em um tronco de madeira à porta do rancho, ao verem a minha aproximação, começaram a rir e comentaram: "Você nesta madrugada quase sujou a rede toda de tanto medo, né?". Eu disse: "Fiquei com medo, sim, mas nem tanto, pois não sabia o que era". Aí o outro disse: "Era um cachorro de uns caçadores que estão aqui na região, se perdeu e estava procurando o dono". Eu poderia dizer "que alívio", se soubesse antes do ocorrido, mas felizmente era um cachorro e aqui estou para contar esta história.

POR AMOR

No meu tempo de banco, eu era obrigado a visitar as agências da minha regional pelo menos duas vezes por mês. Sediado em Brasília, atendia o nordeste de Goiás e a cidade Barreiras-BA. Em Iaciara-GO, conheci o Paulo, gerente daquela agência, um rapaz ainda jovem, com os seus vinte e oito anos, mais ou menos. Pela amizade que eu tinha com ele o chamava de Paulinho.

O Paulinho era aquela pessoa boa gente, pau para toda obra. Por ele ser totalmente calvo, muitos o chamavam de Paulo Careca. Ele não gostava muito, mas também não discutia com ninguém por causa disso. Na sua agência trabalhava uma morena muito linda de olhos negros, cabelos longos, pele aveludada e lábios carnudos e sensuais, ela devia ter na época uns dezoito anos. Um avião!

Por meio de colegas, fiquei sabendo que o Paulinho era apaixonado por ela e ela também gostava dele, mas não queria nada exatamente por ele ser careca.

Em uma de minhas viagens passando pela sua agência, ele me disse: "Nilton, não vá embora sem primeiro falar comigo". E eu disse: "Tudo bem, Paulo".

Assim que ele atendeu os clientes que esperavam por ele, me aproximei e perguntei o que ele queria.

"Não é nada sério, não, eu só quero o seu endereço lá em Brasília, e saber se você pode me dar pouso num final de semana qualquer".

Eu disse: "Com certeza, Paulinho, será muito bem-vindo", e passei o endereço pra ele.

No sábado seguinte, alguém bate palmas lá fora, fui ver quem era, lá estava o Paulinho todo sorridente com uma mochila nas costas, me pedindo que a guardasse pra ele, que à tarde estaria de volta. Insisti que entrasse um pouco e descansasse primeiro, mas ele disse que estava atrasado e não podia entrar.

Quando foi lá pelas dezenove horas mais ou menos, alguém bateu à porta e entrou. Eu não queria acreditar no que estava vendo, parecia ser o Paulo, mas alguma coisa estava diferente. Então ele me perguntou: "E aí, Nilton, você gostou?". Foi aí que percebi o que era. O Paulinho não era mais careca, havia ficado muito mais jovem e sorridente, havia colocado uma peruca daquelas interlace.

Após essa data, fui promovido e transferido para Cuiabá, mas de lá fiquei sabendo que o Paulinho havia casado com aquela morena, sua colega de trabalho, e era uma felicidade só.

Fiquei muito feliz por eles, pena que no corre-corre do dia a dia nunca mais vi o meu amigo Paulo Careca.

FOI APENAS UM SONHO?

Eu precisava voltar ao passado e descobrir sobre a minha existência de criança e se realmente existiu, e se foi conforme está registrado na minha memória e se ficaram vestígios e marcas físicas por onde passei.

Viajei por todos os lugares da minha infância, por casas, fazendas onde morei, no lugar onde nasci, e não existem mais as casas nem vestígios. Parece que tudo foi só um sonho, e a saudade bateu forte no peito.

Na minha mente tudo era tão grande, tudo era tão longe, e parece que o mundo se resumia ali à minha volta. Parece que não existia outro mundo, só aquele, onde meu pai e minha mãe eram as pessoas mais importantes e governavam aquele lugar e tudo girava em torno deles.

É logico que havia os vizinhos, pois eles sempre iam estar com meu pai, faziam negócios com ele ou mesmo simplesmente faziam uma visita cordial.

O tempo passou e tudo mudou, eu também mudei, visitando esses lugares, parece que entrei em um sono profundo e passaram-se muitos anos e quando acordei não havia mais ninguém, parece que todos viajaram, ou mudaram para um outro mundo, para uma outra realidade. A única coisa que eu sei é que fiquei, ou fui eu que viajei e não consigo mais voltar ao mundo dos meus sonhos?

Quem em toda a existência nunca teve esses pensamentos? De poder voltar ao passado e viver e rever tudo de novo?

Quando tomamos uma estrada errada, às vezes temos que voltar lá no início e pegar o caminho certo. Mas na vida real não funciona assim, não tem como voltar e começar de tudo de novo. Relembrando e remoendo o passado, vamos tentando decifrar a nossa existência aqui na Terra e tentando entender o tempo.

Não sei se consegui me expressar sobre a sensação de visitar o passado, ou visitar os lugares por onde passei e remoer na minha memória as lembranças de um tempo que se foi e não volta mais.

É muita saudade.

O MACHÃO

Valdomiro era um homem trabalhador, mas muito violento, na região todos tinham medo dele por ser dominador e agressivo, e em casa, sua esposa, Sebastiana, uma senhora muito humilde e trabalhadora, era agredida e humilhada por Valdomiro, que sempre depois de lhe dar uma surra perguntava: "E ai, Bastiana, tem alguém neste mundo mais forte e mais bravo que eu?". E a Sebastiana, toda cheia de hematomas e com os olhos cheios de lágrimas, lhe dizia: "Valdomiro, você sabe que não existe, você é o maior de todos na região".

Foi assim por muito tempo, até que um dia ela sonhou com Nossa Senhora, que lhe disse: "Minha filha do meu coração, eu vos amo muito, e não quero te ver sofrer; quando ele agredir você novamente e perguntar se existe alguém mais bravo que ele, diga que você ouviu falar e não sabe se é verdade, mas que atrás daquela serra existe um homem muito forte e bravo e que mora numa casa muito grande". Assim, no dia seguinte, ele chegou do trabalho e logo de início lhe deu uma surra e perguntou em seguida, no que ela respondeu conforme havia sonhado. Ele ouviu calado, foi tomar um banho, jantou e foi dormir. No dia seguinte, logo pela manhã, arriou o seu cavalo, pegou sua espingarda e partiu para encontrar o tal homem mais bravo e forte que ele. Chegou no endereço lá pelas três horas da tarde e perguntou pelo tal sujeito, no que a senhora que o atendeu disse que ele estava repousando e que não gostava de ser incomodado. Valdomiro disse-lhe: "Senhora, eu venho de longe só para encontrar com ele, não tem como acordá-lo?". E a senhora disse pro filho: "Vá lá dentro acordá-lo, mas leve um pedaço de madeira e bata na cabeça, se não ele não acorda". Ouvindo isso, Valdomiro se assustou e foi se esconder atrás de uma moita na frente da casa. De trás da moita ele pôde perceber um gigante pra mais de quatro metros de altura que procurou por ele lá fora e, como não tinha ninguém, resolveu ir atrás da moita fazer as suas necessidades. Terminou o serviço, pegou a moita com uma das mãos, arrancou com tudo que estava junto e limpou a bunda. Passado o sufoco, o gigante foi pra casa dormir novamente, e o Valdomiro, todo sujo, montou no seu cavalinho, passou no riacho, tomou um banho e foi pra casa. Chegando lá já era um novo homem, humilde, atencioso, parecia um cordeiro, nunca mais agrediu a esposa e viveram felizes para sempre. Nos contando estas histórias, nossa mãe conseguiu nos educar, mostrar o que é certo e o que é errado.

RELEMBRANDO O PASSADO

    Era um domingo, havia almoçado e estava mesmo sem ter o que fazer, peguei o carro e fui dar umas voltas para passar o tempo, fui até o setor Bela Vista, e de lá resolvi chegar no anel viário para conhecer o trabalho de pavimentação. Não me contive e continuei rumo ao aeroporto, e chegando na BR-070, parei por alguns instantes e fiquei pensando se voltava pelo mesmo caminho ou se voltava para a cidade usando a BR, mas, para contrariar, tomei a BR no sentido Itaguari, e fui assim bem devagar admirando a paisagem; apesar da sequidão, é uma região muito bonita, plana, com muitas lavouras.

    Continuei até me deparar com a entrada da Fazenda Cachoeira, que pertenceu ao meu pai e onde eu e meus irmãos passamos a melhor parte de nossa infância. Fiquei na dúvida, vou lá ou não? Mas entrei assim mesmo, passei o mata-burro, parei debaixo de uma árvore e fiquei admirando por longo tempo a paisagem, a topografia da região, as montanhas ao longe, parece que tudo era igual a quarenta anos atrás. Por alguns minutos viajei no tempo e me vi criança ali naquela fazenda, correndo de um lado a outro, subindo nas árvores, tomando banho no córrego que às vezes represávamos para podermos nadar, lembrei de minha mãe nos seus afazeres diários, do meu pai cuidando da roça e no fim da tarde lidando com as criações, sim, pareceu um filme na minha cabeça. Vi toda a vizinhança que também morava ali, e de um a um fui lembrando seus nomes e fisionomias, as suas casas e os locais exatos de cada uma delas, e pude concluir que na verdade éramos uma grande família, em que um era por todos e todos eram por um. Não havia violência, não havia luxo, mas também não havia miséria. Quando alguém ia à cidade sempre perguntava se os demais não estavam precisando de alguma coisa, e sempre tinha alguma encomenda.

    Voltei do sonho e resolvi descer até lá para ver como estava tudo, atravessei o córrego pela velha estrada que um dia ligou Itaguarí a Itaberaí e passava exatamente dentro da fazenda do meu pai, subi do outro lado e fui até o final onde tem uma encruzilhada, parei e fiquei por alguns instantes observando se havia alguma construção da minha época, e como não vi nada conhecido resolvi voltar. Parei a moto ao lado da cerca de arame, que no passado era uma porteira e dava acesso à sede da fazenda, e resolvi descer a pé até a antiga sede, que já não existe mais. Lá chegando, pude visualizar na minha memória o curral de tábua que a gente tinha que atravessar antes de chegar até a casa, o paiol, a casa imponente de muitas janelas, um enorme alpendre, em que passávamos a maior parte do tempo reunidos. Que tempo bom que passamos naquele paraíso, lembrei-me do enorme rego d'água, do monjolo, da pequena usina hidrelétrica que lá existia, do engenho de cana tocado por uma enorme roda d'água, lembrei-me do enorme pomar com suas variadas fruteiras, e nisso olhei para frente e pude visualizar o velho pé de manga abacaxi todo carregado de pequenas manguinhas, parece que querendo me dizer: "Ei, eu existo, ainda estou aqui". Naquele momento me deu um nó na garganta e pude ver que nada era como antes, o meu sonho de ir embora, ganhar dinheiro, voltar e comprar aquela propriedade e transformá-la de novo como era no passado já não tinha sentido, pois o mais importante não era a fazenda, mas as pessoas que ali moravam e já não existem mais, aí descobri que a saudade dói...

    ... e como dói!

ÀS VEZES É PRECISO MUDAR

Naquele dia resolvi mudar a minha rotina, começando pelo horário de saída, e como estava indo mais cedo que o costume, também mudei o roteiro, indo por outra rodovia e passando por cidades diferentes, pois sabia que no final a distância era a mesma e por uma rodovia quase que sem movimento. Confesso que adorei a experiência! Quebrei a rotina, fiz uma viagem tranquila, sem estresse e cheia de novidades e paisagens diferentes.

Essas viagens fazem com que a gente comece a pôr as ideias em ordem, comece a vasculhar o baú das lembranças. O tempo foi passando, e quando dei por mim já havia passado a última cidadezinha antes de chegar na rodovia principal, a qual eu estaria passando se não tivesse mudado a rota.

A uns quinze km do trevo que dá acesso à rodovia, em uma curva acentuada e de longo declive, avistei uma senhora de uns sessenta anos, mais ou menos, dando com a mão para que eu parasse. Em frações de segundos, lembrei da minha mãe na beira da estrada tentando pegar carona para ir à cidade saber notícias de seus filhos. Enquanto ia me aproximando fiquei pensando, paro ou não paro? Lembrando da minha mãe, resolvi parar. Uma rodovia toda asfaltada, mas sem acostamento, tive medo de parar, era uma curva e um declive. Parei, ela veio, perguntou se eu podia levá-la até a próxima cidade. Eu disse que sim. Ela subiu e saímos logo do local. Senti que ela queria conversar, mas eu não estava a fim e fiquei calado por um bom tempo, até que resolvi perguntar:

— A senhora mora por aqui?

No que ela respondeu:

— Sim. Temos um sítio a uns cinco quilômetros daqui da estrada, onde eu e meu marido ganhamos o pão nosso de cada dia.

— Vocês não têm filhos?

— Sim, temos um casal de filhos e moram em Goiânia, mas não se importam com a gente, passam anos sem dar notícias. Eu é que fico correndo atrás deles. Estou indo pra cidade para ligar e saber notícias deles e dos meus netinhos. Meu marido disse que não era para eu ir, pois eles são uns ingratos, mas o senhor sabe como é, mãe é mãe.

Ficamos em silêncio durante o resto da viagem, e fui pensando pelo caminho como nós, os filhos, somos ingratos, e quando acordamos já é tarde e não adianta mais chorar.

Pense nisso!

O ITABERINO PÃO-DURO

Conta-se que um certo cidadão de nossa cidade, bastante abonado e muito pouco rodado, aliás, a cidade mais longe que ele conhecia era Goiânia, resolveu conhecer a cidade de seus pais lá em Minas Gerais, a bela cidade de Patrocínio, mas ele queria ir de trem de ferro, pois era um transporte que ele não conhecia, só ouvia falar.

Nossa cidade naquela época tinha a fama de ser conhecida como a terra dos mãos fechadas, pães-duros etc., tanto que era motivo de piadinhas no jornal *Cinco de Março* da capital, toda segunda-feira estava lá uma nova piada, tipo: o pessoal de Itaberaí só toma comprimidos amarrados no cordão, quando melhora a dor de cabeça puxa para fora o comprimido e guarda para a próxima vez; ou: as mesas de jantar dos itaberinos têm gavetas dos quatro lados, quando estão fazendo as refeições e alguém bate à porta, colocam os pratos com a comida dentro da gaveta, pegam um baralho e fingem estar jogando cartas até as visitas irem embora. E era assim todas as semanas. Eu morava em Goiânia naquela época, ou seja, na década de 1970, e os amigos que sabiam que eu era daqui me procuravam só para me gozar.

Preparou a viagem, fez as malas, pediu à esposa que preparasse a matula suficiente pra viagem toda. Foi pra capital, comprou a passagem e embarcou na estação ferroviária de Goiânia rumo à cidade dos seus pais. Exatamente às oito horas da noite, subiu e se alojou logo no primeiro vagão, guardou suas malas no bagageiro e sentou. Estranhou aquele duro banco de madeira, mas era o que tinha, pois por economia não quis ir de primeira classe, pois era mais caro.

E lá vai o trem a correr, *chilap-tap, chilap-tap, chilap-tap*, e depois de uma hora de viagem e já com fome, resolveu comer a farofa que a esposa lhe preparou. Quando foi servir, um cidadão que estava sentado ao lado lhe disse:

— Deixe sua matula mais para o fim da viagem e vamos jantar aqui mesmo no trem.

E antes que ele dissesse que não, o cidadão disse:

— Eu pago, é por minha conta.

Era tudo que ele queria ouvir, e foram jantar.

Puxou conversa com o senhor, um homem de meia-idade, bem trajado e muito comunicativo, ficou sabendo que ele era da cidade de Araguari-MG, por sinal muito boa gente.

Durante a viagem falaram de tudo, discutiram política, futebol e negócios. Pra ele estava tudo ótimo, pois o seu novo amigo pagava toda a despesa a bordo do trem.

Quando o trem parou na estação de Araguari, seu amigo desceu e se despediu dele, deu-lhe um abraço, trocaram endereços, e antes de sair resolveu acender um cigarro, mas não tinha mais fósforo, então pediu ao novo amigo que lhe arrumasse um palito, no que este lhe disse:

— Eu sabia, estava bom demais pra ser verdade, aí oh! Terminou em exploração.

MÃE

Ainda pequenino, lembro-me de você, mamãe, cuidando do meu irmão e de mim com todo o carinho, nos alimentando, protegendo. Naquela época eu gostaria muito de dizer o quanto eu a amava e precisava da senhora e o quanto nós éramos felizes por tê-la conosco, mas não sabia como dizer e achava que tinha muito tempo para fazer isso.

Depois vieram os outros irmãos, um após o outro até completar doze filhos, e a senhora com o mesmo carinho e a dedicação que sempre teve no início. Sua vida nunca foi fácil, pois alimentava tantos filhos e mais os filhos de outros que ajudou a criar. Que tempos difíceis, quantas vezes eu vi a senhora dizer às pessoas que perguntavam se não eram muitos os filhos?, e senhora dizia sempre: "Não, para mim são poucos, e depois sou eu que vou criá-los".

Com o tempo fui percebendo que a senhora andava muito nervosa, gritava com um, outra hora com outro, e nunca passou pela minha cabeça que a senhora tinha motivos de sobra para perder a calma e tudo que queria era um pouquinho de carinho e atenção, mas à noite, já recuperada do estresse do dia de labutas, ainda tinha um tempinho para nos contar histórias para que pudéssemos dormir. Ah, minha mãe, a senhora precisava de ajuda, de carinho e reconhecimento, e nunca percebemos. Depois ficamos grandes e achei que conseguia viver sem a sua proteção. Eu estava enganado, pena que só fui perceber isso depois que Deus a levou. Quanta tristeza eu sinto sem poder abraçá-la e dizer o quanto eu a amava e o quanto ainda preciso da senhora.

Peço ao bom Deus que faça tudo isso por nós, que lhe dê um grande abraço e muito carinho, já que o tempo pertence a Ele e não podemos voltar atrás.

Feliz Dia das Mães para todas as mães do mundo, para todas as mães do Brasil, e principalmente de nossa querida Itaberaí.

A VIAGEM

(Quando minha mãe faleceu)

Certo dia alguém muito importante, que eu não sei dizer quem era, me deu uma passagem de trem de ida e volta com data de saída para 4 de novembro 1949, viagem com destino para outra dimensão. Fiquei muito empolgado e apreensivo com essa viagem, ainda mais que me disseram que seria de grande importância para minha vida, que eu iria conhecer muitas pessoas dentro do trem, mas que algumas seriam muito especiais e que por algumas eu iria me apaixonar. Porém, tinha uma condição, quando me avisassem que eu teria de voltar, acontecesse o que acontecesse, estivesse onde estivesse, eu teria que descer do trem.

Embarquei nessa viagem, e desde o início fiquei maravilhado, quanta gente eu conheci no percurso. Assim que eu embarquei, um senhor moreno de bigode, de uns vinte e dois anos, me segurou nos braços, uma jovem senhora, de uns vinte anos mais ou menos, muito linda, talvez a mais linda das mulheres que havia conhecido até então, me pegou nos braços, me cobriu de beijos e me deu tanto amor e carinho que me apaixonei por ela pelo resto da minha vida.

Durante o trajeto, outras pessoas foram subindo e descendo do trem. A cada estação que parava, o condutor me dizia:

— Este que acabou de subir será seu irmão nesta viagem.

E aí eu perguntei:

— E esse Sr. e essa Sra., quem são?

E ele, com toda a educação, foi me explicando:

— Esse Sr. será o seu pai, o seu professor, e essa Sra. será a sua mãe, ela será o seu tudo. Ela vai cuidar de você, vai te alimentar, vai te levantar quando você cair, vai curar as suas feridas, vai te dar uma boa educação e proteção. Um dia eu percebi que meu pai havia descido do trem numa estação, só fui perceber mais tarde, pois estava muito ocupado com as novas pessoas que ia conhecendo, depois desceu mais um irmão, mais outro e mais outro. Fiquei muito triste, mas não pude fazer nada. Resolvi acompanhar de perto a minha mãe pra que ela não desembarcasse sem que a gente percebesse. Foi em vão, na estação 2 de julho de 2016 ela disse que ia descer, meus irmãos e eu imploramos pra ela que não descesse, que nós a amávamos, fizemos de tudo e não conseguimos, choramos, lamentamos, e o comandante apenas nos disse que o dia dela havia chegado e que nada podia ser feito. Aquela linda Sra., que havia feito o possível e o impossível para nos educar, alimentar e nos ensinar as boas lições da vida, de repente estava fora do comboio. Quanta tristeza nós sentimos a partir daquela hora, quanta insegurança, que vida vazia a partir desse momento. Será que ela desceu porque eu nunca lhe disse o quanto a amava?

— Mãe, e agora, quem vai nos guiar os passos? Quem vai nos dizer as palavras de carinho, os bons conselhos? Quem vai nos levantar e curar nossas feridas? Ficamos órfãos, Mãe. Não sabemos viver sem a Sra. Mesmo tarde, eu te peço perdão pelas coisas erradas que fiz e te digo: te amo com todas as minhas forças e espero encontrá-la na estação quando eu descer, obrigado por tudo.

PEDRO PROCÓPIO

Nascido no início do século passado na cidade de Luz-MG, mais precisamente em 3 de junho de 1911, chegou em Goiás por volta do ano de 1925, acompanhando os seus pais, seus nove irmãos e tios. Vieram em busca de uma vida melhor, em busca de oportunidades. A viagem foi longa e demorada, segundo eles, foram três meses de carro de bois.

A vida aqui não foi fácil, tiveram que trabalhar muito, pois Goiás há noventa e dois anos realmente era um sertão. A família adquiriu terras à margem esquerda do Rio Sucuri, região que hoje é Itaguari.

Após seis anos que aqui chegaram, perdeu o seu pai e pouco tempo depois perdeu a mãe. Se a vida já estava difícil, imagina órfão de pai e mãe e mais nove irmãos pequenos para ajudar a criar. Mas como Deus dá o frio conforme o cobertor, foi à luta e venceu. Casou-se com a sua prima de primeiro grau Maria Araújo de Oliveira, nascida também na cidade de Luz-MG, em 1919, e tiveram treze filhos, dos quais cinco faleceram ainda crianças.

Pedro José de Oliveira, ou Pedro Procópio, cognome adotado por ele mesmo para homenagear o seu pai, Procópio Rodrigues de Oliveira, de pouco estudo, era muito astuto para os negócios, muito inteligente e empreendedor. Gostava muito de uma pescaria, e seu companheiro de pesca era o seu filho José Procópio. Em uma moto vermelha de marca Monark Jawa, ano 58, ele rodava sempre para Itaberaí ou para as beiras dos rios em suas pescarias. Sentindo a necessidade de progredir, de fazer alguma coisa pelas famílias que moravam na região, e diante das dificuldades para se locomoverem para Itaberaí, reuniu um grupo de fazendeiros vizinhos e propôs a criação do arraial de São Sebastião, que depois foi chamado de Itariguá, e por sugestão do Dr. Hélio Pinheiro de Abreu, passou a se chamar Itaguari.

Quanta saudades do meu tio Pedro, do tempo que meu pai reunia a família e em um carro de bois íamos para a sua casa e lá ficávamos semanas. Quantas histórias para contar eu sei. Vou contar aqui algumas histórias do meu tio: quando ele se desfez da sua moto e comprou um Jeep Willis de cor bege, logo aprendeu a dirigir, e seu companheiro ainda era o seu filho José para as pescarias e também para a cidade de Itaberaí.

Certo dia, vinha da cidade e passava na ponte do pequeno córrego (Passa 3), afluente do Rio São Domingos, acredito ser esse o nome, mas na época nós falávamos Ponte do Sítio do Campo. Um pequeno córrego com uma ponte estreita e uns dois metros de altura mais ou menos, com muita vegetação, que às vezes tirava a visão de quem por ali trafegava. Com o seu Jeep carregado de mercadorias até a capota, meu tio usava uns óculos de grau que mais pareciam fundo de garrafa, entrou na ponte com a metade do carro fora e ficou balançando para cair dentro do córrego.

Ele dizia ao seu filho Zé para descer e escorar o Jeep para que ele pudesse descer, e o Zé dizia: "Pai, não posso, não tem como eu sair, e pela traseira também não dá por causa das mercadorias". E aí ele tentava descer, e quando punha o pé esquerdo na ponte e começava a apoiar, o carro balançava para cair da ponte. Foi assim por uns trinta minutos, até que passou um cavaleiro e prestou socorro, arrumando uma estaca e escorando o Jeep para que eles pudessem sair.

Na saúde ele era um verdadeiro entendido, era capaz de encanar o braço quebrado de um filho usando taquara rachada até a quebradura colar.

Quando ele mesmo precisava de médico, ele vinha até o consultório do Dr. Gilberto Caldas, que o examinava e quando ia prescrever a receita lhe dizia: "Pedro, vou receitar esse remédio aqui e você toma direitinho". E ele dizia: "Dr., esse aí não, passa esse outro que eu me sinto muito bem com ele". "Pedro, o médico aqui sou eu". "Mas Dr., quem está pagando a receita sou eu", e tinha que deixar do jeito que ele queria, pois ele era um turrão de teimoso.

Em 4 de janeiro de 1969, faleceu em Itaberaí a sua companheira de uma vida inteira.

Fugindo da solidão, casou-se pela segunda vez com Oreslinda Maria de Oliveira (1942–1972), tiveram mais um casal de filhos e, falecendo a menina, ficou apenas o menino.

Aos sessenta e dois anos de vida e bastante doente com o Mal de Chagas, muito comum naquela época pela falta de combate ao transmissor da doença (barbeiro), veio a falecer em 7 de dezembro de 1973 na cidade de Itaberaí-GO.

Pedro José de Oliveira, ou Pedro Procópio, assim como ele queria ser chamado, estará para sempre nos anais da história, apesar de algumas pessoas tentarem apagar o seu nome como o idealizador e um dos fundadores da cidade de Itaguari-GO.

ONDE MORA A FELICIDADE

A Felicidade é um estado de espírito que não tem preço e pra quem consegue é de graça, ela é feita com as coisas mais simples desta vida.

Me lembro de uma certa vez, eu morava em Goiânia e vim fazer uma visita aos meus familiares num fim de semana aqui na cidade. Convidei minha prima e seu esposo pra virem comigo, eles que eram de Campo Grande-MS e estavam residindo àquela época em Goiânia, aceitaram de pronto o convite, pois havia muitos anos que minha prima não via minha mãe, sua tia.

Quando aqui chegamos, houve muita alegria pelos reencontros, e como era um sábado qualquer do mês de janeiro, minha mãe nos perguntou se não gostaríamos de conhecer um casal amigo dela que morava em uma fazenda, como era tempo de milho-verde, se tudo desse certo poderiam fazer uma pamonhada. Concordamos e partimos de imediato. Fizemos umas comprinhas pra levar, pois se tratava de pessoas muito humildes.

Quando chegamos na tal fazenda, nos informamos de como chegar até a casa da tal família.

O fazendeiro, curioso, logo quis saber quem éramos, se parentes e o que iríamos fazer naquele lar tão humilde.

Respondi que éramos amigos de longa data e que fomos convidados para almoçar com eles. O fazendeiro sacudiu a cabeça que sim e disse: "Vocês seguem esta trilha rumo à mata e vão atravessar um riacho, não tenham medo, apesar de muita água, o vau é raso e cascalhado, sigam pelo meio da mata fechada até chegarem em um roçado e logo avistarão sua casinha no meio da lavoura de milho". Agradecemos e seguimos em frente.

Na entrada da mata, uma porteira, abrimos e passamos, logo à frente o tal riacho de águas limpas e cristalinas. Atravessamos devagar, pois não sabíamos a profundidade, mas foi bem, uns cem metros à frente avistamos o roçado e logo a seguir a sua casinha com a fumaça do fogão a lenha que tomava toda a cobertura de sapê, parecia que estava querendo pegar fogo.

Quando chegamos fomos tão bem recebidos pelo casal, o Sr. José Baiano e a sua Sra., Dona Maria, que eles não conseguiam se conter de tanta felicidade. Sua casinha era muito simples, toda de pau a pique com cobertura de palha, piso de terra batida, tudo muito limpo, as vasilhas na prateleira brilhavam de tão limpas. O fogão a lenha estava com as panelas muito limpas sobre a chapa, parece que esperando pelas visitas para começarem o almoço.

O terreiro em volta da casa era todo varrido com muitas plantas e principalmente flores de todas as cores e variedades.

Dona Maria nos disse: "Vocês fiquem à vontade aí que vou começar a fazer o almoço pra vocês".

Foi quando minha mãe sugeriu: "Vocês não acham melhor a gente fazer só as pamonhas? Vale tanto quanto o almoço ou talvez até mais, e o trabalho será menor". No que todos concordaram.

O Sr. Zé, meu primo e eu nos incumbimos de irmos à roça buscar o milho-verde para fazer a tal pamonha. O rio fazia uma curva que margeava a lavoura de milho pelo lado de cima da casa, e o Sr. Zé fez questão de nos levar para conhecermos uma enorme lagoa de águas límpidas e profunda, toda rodeada por enormes árvores que sombreavam toda a lagoa. E ele nos disse que ali havia várias qualidades de peixes e que era o seu passatempo preferido ao cair da tarde.

Fizemos a colheita do milho e voltamos para o rancho onde as mulheres nos esperavam pra começarem o preparo da comida. Ajudamos a limpar o milho, recolhemos todo o lixo, jogamos fora e fomos conversar. De repente começou a chover e ficou aquele barulho gostoso da chuva nas folhas da mata e na cobertura da casa, na sala uma rede armada, ah! Não deu outra. Acordei eram duas horas da tarde com a minha mãe me chamando para ir comer a pamonha que já estava fria e para irmos embora.

Para mim foi o melhor passeio que fiz, descobri que a felicidade estava residindo ali naquele lar humilde e cheio de alegria e vida.

O VIZINHO CURIOSO

No final de 1987, quando pedi demissão do banco em que trabalhava, mudei de Cuiabá para Goiás e fui morar na cidade de São Luiz de Montes Belos. Aluguei uma casa na rua Jabaquara, quase em frente à garagem da Viação Maia, já no final da rua, pois depois de muitos anos trabalhando numa mesma empresa de grande porte, fiquei assim perdido no tempo, sem saber o que fazer, e para passar o tempo fui tomar conta de uma horta no fundo da casa que eu fiz, para pôr as ideias em ordem.

Levantava de manhã e molhava todas as plantas do quintal, bem como as verduras, e foi assim por meses. O trabalho de cuidar das plantas e o contato com a terra me aliviava das preocupações e eu me esquecia de todos os problemas.

Um dia, quando eu fazia esse trabalho no período da tarde, talvez lá pelas cinco horas da tarde, mais ou menos, enquanto eu regava o canteiro de alface no fundo do quintal, ouvi um barulho forte do outro lado do muro, olhei e vi que a pingadeira, proteção do muro, bem como uma parte superior havia caído do lado de lá. Imaginei de imediato que alguém tentou subir no muro para dar uma olhada no que eu estava fazendo e ao se pendurar na pingadeira esta não resistiu e foi ao chão.

Subi em um monte de tijolos que havia no canto do muro. Como eu estava com a mangueira na mão jorrando água, observando entre o mandiocal ali plantado, comecei a jogar água para ver se descobria alguma coisa, até que vi um movimento atrás de uma moita de ramos, minha esposa, que havia ouvido o barulho da queda, me perguntou o que tinha acontecido. E eu disse: "Não sei, parece que ouvi um barulho do outro lado, mas não vejo nada".

Na verdade, eu estava vendo o cara lá atrás da moita, um rapaz que devia ter uns quinze ou dezesseis anos, filho do vizinho. Com a mangueira, molhei ele dos pés à cabeça, e ele ficou agachado bem quietinho, pois eu havia dito que não vi ninguém e o jeito foi não se manifestar, já que estava pensando ser verdade.

Teria sido muito engraçado se não fosse cômico e trágico.

O HOMEM E A NATUREZA

O ser humano sempre procurou tirar o seu sustento da natureza, e não podia ser diferente, pois ela nos forneceu e fornece de tudo para a nossa sobrevivência. Do alimento, a água que nos mata a sede, até o ar que respiramos provém da natureza. Muitos costumes do homem primitivo foram copiados até os nossos dias, observando as aves, os macacos e até mesmo os insetos. Copiaram muita coisa, como viver em grupos para se defenderem e sobreviverem. Na verdade, eu não sei se foi assim ou se foi apenas uma coincidência e por puro instinto. Só sei que há uma relação muito grande nos nossos comportamentos.

Outro dia fui fazer uma visita a um casal de amigos numa propriedade rural e quando lá cheguei observei a criação de aves no quintal sendo alimentada, e notei duas galinhas, cada uma delas com uma dezena de pintinhos, de variadas cores, quase todos da mesma idade. De repente, uma das galinhas bica um pintinho da outra e o pau pegou, foi aquela confusão, as duas galinhas se enroscaram, saltavam uma por cima da outra, rolavam pelo chão e os pintinhos se misturam e ficaram naquela gritaria, *piu, piu, piu, piu* etc., até que a dona apartou a briga e tudo voltou ao normal.

De repente me lembrei de uma cena que eu presenciei muitos anos atrás, eu tinha os meus dezesseis anos, mais ou menos, e trabalhava numa panificadora que ficava na Praça da Matriz aqui da minha cidade, e todos os dias antes de ir para casa tinha que fazer a entrega dos pães no comércio, e naquele dia estava já no final da minha tarefa, entregava no último armazém, que era o Armazém do Sr. Tomaz Vilas Boas, na época uma das últimas construções já na saída para Goiânia.

Assim que montei na bicicleta pra sair, ouvi uma discussão com trocas de insultos e observei que eram duas mulheres discutindo, cada uma delas com os filhos menores, eram umas cinco ou seis crianças todas misturadas. O bate-boca foi aumentando e passou para agressões físicas, e os funcionários do posto de combustível em frente tentavam apaziguar, mas tudo em vão.

Uma dizia: "Vagabunda, sua porca, preguiçosa...".

A outra respondia: "Vagabunda é você, sua p... que dorme com o marido de fulana, você não vale nada".

A primeira: "Você não prova, sua cadela". E nisso elas se atarracavam, rolavam no chão, puxavam os cabelos, levantavam as roupas uma da outra, e as crianças em volta gritando: "*Piu, piu*", digo: "Mãe, mãe, para com isso, mãe".

Eram apartadas novamente, davam conselhos para não fazerem aquilo, que era uma baixaria, elas se acalmavam.

Os empregados do posto seguravam uma pra outra ir embora, mas quando tomava uma certa distância, a que ficou provocava novamente e começava tudo de novo.

A confusão só terminou porque, por acaso, chegou um carro da polícia e pôs um basta naquele auê, encaminhando as distintas senhoras para as suas casas e dispersando os curiosos.

Teria sido muito engraçado se não fosse trágico.

BRINCADEIRA DE CRIANÇAS

Por um instante, parei em frente à tela do computador e viajei no tempo, fui ao passado, nos tempos em que estavam todas as pessoas que fizeram parte da minha vida. Visitei um por um, lembrei-me de fatos que juntos vivemos, do que falamos, dos nossos sonhos e desejos, das nossas brincadeiras de crianças: "Agora é a sua vez de contar até vinte e um, você encosta na parede, fecha os olhos e conta enquanto nós vamos nos esconder, e assim que terminar você vai nos procurar até nos achar a todos".

Parece que na vida real quem contou até vinte e um fui eu. Encostei na parede do tempo e contei compassadamente de um até vinte e um, e quando abri os olhos, onde estavam todos? Meus amigos, meus vizinhos, alguns colegas de escola, meus pais, meus tios e avós, irmãos, todos se foram, mas pra onde? A nossa brincadeira não era assim, mesmo quando não se achava alguns, esses apareciam e diziam: "Você não sabe brincar, eu estava escondido aqui perto e você não conseguiu me encontrar. Agora vá se esconder e eu vou contar e procurar por vocês e vou achá-los um a um". E a brincadeira continuava.

Na realidade, a brincadeira não tem graça, não foi assim que nós aprendemos, era um mundo irreal onde vivíamos no faz de conta, onde tudo terminava conforme a nossa imaginação.

Hoje eu grito com força: "A brincadeira acabou, apareçam todos vocês", e nada. Não quero mais brincar de contar até vinte e um. Abro os olhos e tudo parece ter sido um sonho.

ONÇA MANETA

(Contos do meu pai)

Quando crianças, meus irmãos e eu adorávamos ouvir as histórias que meu pai nos contava antes de irmos para cama.

Às vezes as histórias eram de bichos, assombrações ou onças. Morando na fazenda, sem luz elétrica, apenas uma lamparina, ele ia contando as histórias, o medo ia chegando e nós nos aproximando dele. Quando terminava a gente já estava atarracado nele de tanto medo, e ele ria da nossa coragem ou do nosso medo e dizia: "Como vocês querem que eu conte histórias pra vocês se morrem de medo?".

No dia seguinte, novamente sentados em um banco no alpendre da casa, todos nós em coro: "Conta, papai, conta". E ele sempre tinha uma nova história.

"Quando nós chegamos de Minas Gerais, em 1925/26, meu pai e meus tios compraram umas terras aqui na região no município de Itaberaí, numa região de mata fechada, onde hoje é Itaguari.

Era preciso desmatar para fazer a roça, onde plantariam o arroz, milho e mandioca para o sustento das famílias. Depois de desmatarem e fazerem a limpeza da área, construíam um rancho de pau a pique para dormir, fazer as refeições e guardar as ferramentas. Segundo meu pai, essa história lhe foi contada pelos adultos, pois na época ele ainda era uma criança.

Certa noite, deitaram cedo, pois chegaram da árdua tarefa muito cansados, suas camas eram em jiraus de madeiras roliça bem rente à parede, e nessa noite acordaram com alguma coisa tentando entrar no rancho. Acenderam a lamparina para ver o que era e viram quando uma onça-pintada enfiava a mão entre as madeiras roliças da parede, tentando arrastar um deles para fora. Mais que depressa, pegaram uma foice bem afiada que eles tinham e quando ela enfiou o braço novamente, deram um golpe certeiro, sua mão caiu dentro do rancho e ela deu aquele esturro e desapareceu pelo roçado.

Naquela noite ninguém mais dormiu e, segundo relatos, essa onça maneta foi vista algumas vezes por outros vizinhos".

Terminada a história, estávamos todos agarrados ao papai e com os olhos bem arregalados.

Que saudades, meu pai!

A SINCERIDADE DAS CRIANÇAS

Diante de tantas mentiras, tantas bandalheiras, de tantas falsidades e corrupções entre os adultos, e principalmente no meio político, eu chego a pensar que talvez seria melhor o mundo ser governado pelas crianças. Sinceramente, para que esse mundo tenha um final feliz, seria necessário isolar todas as crianças que nascem a partir de hoje dessa sociedade materialista, consumista e desonesta, em que o ser humano humilde não tem o mínimo valor, e as pessoas, para se manterem por cima, matam seu semelhante, corrompem e são corrompidas.

Sim, seria necessário isolar essas crianças dos meios de comunicação, das telenovelas e dos BBBs da vida, ensinar a elas somente os bons princípios morais e religiosos, ensinar a elas que, apesar da cor da pele e crença religiosa, somos todos iguais, com os mesmos sentimentos, dores e necessidades e os mesmos direitos, somente a partir dessa preparação entregar o mundo para elas administrarem.

Me lembro de uma historinha que uma amiga me contou certo dia, e fiquei pensando como são sinceras as crianças.

Essa amiga ganhou de aniversário de outra amiga um par de brincos desses de bijuterias, agradeceu e foi para casa, abriu o presente na frente de sua filha de cinco anos e fez um comentário de que havia detestado o presente, que ele era muito brega.

Passados alguns meses, ela foi convidada para o aniversário de outra amiga. Ficou sem saber o que levar de presente e pensou, pensou, e lembrou do par de brincos, embrulhou-os novamente e levou e entregou para a aniversariante, que agradeceu. Nisso a sua filha disse para a dona da festa: "Minha mãe lhe trouxe de presente esse par de brincos porque ela ganhou de uma amiga e achou muito feio e brega, não foi mamãe?".

Imagina a cara da mãe e o constrangimento da amiga.

Essa é a sinceridade das crianças. Pense nisso.

DIA DAS CRIANÇAS

A cada dia que passa e quanto mais eu convivo com os adultos, mais eu amo as crianças.

Acredito que o nosso mundo tão violento, tão materialista e sem amor ao próximo ainda tem solução, basta investir na educação das crianças, com boas escolas, bons professores, bons exemplos, e aí tudo mudará.

Certa vez um sábio disse: "Uma criança raramente segue o conselho de um pai ou de um adulto, mas com certeza ela irá copiar tudo que o seu pai faz, irá seguir os passos dos adultos, portanto pense bem antes de fazer alguma coisa errada diante de uma criança, nós somos os responsáveis pelo que elas serão".

Hoje eu entendo perfeitamente o que o Mestre Jesus quis dizer com a frase: "Deixem vir a mim as criancinhas, pois delas é o reino dos Céus". Uma criança nasce com uma mente pura, limpa de qualquer maldade, é como se fosse uma fita cassete virgem em que nada foi gravado, portanto tudo que vê ou escuta, grava para nunca mais esquecer.

Essa é uma oportunidade que Deus nos concede com cada criança que nasce, tentando renovar o que é velho e errado no nosso mundo.

Ao meu ver, o Dia das Crianças devia ser o ano inteiro, e não apenas um dia do ano.

Viva o 12 de outubro, viva a pureza das crianças!

Pense nisso!

CORONEL PEDROSO

Coronel Pedroso não era um coronel propriamente dito, pois não tinha o tal título, mas bem que podia ser. Enérgico, dominador, muito sistemático, achava que todos os homens das fazendas vizinhas tinham que trabalhar para ele e jamais aceitava um não. Era casado e pai de seis filhos, quatro mulheres e dois homens, muito bem relacionado politicamente e sempre preocupado com a educação dos filhos.

Conta-se que certa vez ele ficou sabendo da inauguração de um bordel na cidade, e de imediato reuniu suas filhas e disse-lhes: "Amanhã bem cedo quero vocês prontas, vou levá-las à cidade para matriculá-las em um curso de bordado e não aceito chorumelas, filhas minhas têm que aprender de tudo". No dia seguinte pegaram o automóvel e foram para a cidade procurar pela tal escola. Quando lá chegaram é que ele ficou sabendo pelo proprietário o que era bordel. De imediato, entrou no seu automóvel e só disse para as filhas que não tinham mais vagas. Assim era o Sr. Sebastião Pedroso. Um dia sua esposa lhe disse: "Sebastião, meu querido esposo, você tem notado que as galinhas no terreiro têm aumentado tanto que já se tornou um problema, você não acha que devíamos vender um pouco delas?". "Sim, concordo plenamente com você, amanhã mesmo vou pedir pro leiteiro avisar o Zé Galinha pra vir até aqui, vou lhe vender um grande lote delas".

Dois dias depois lá estava o Zé, chegou preparado para negociar as aves com o Sr. Pedroso. Uma galinha boa naquela época valia em torno de vinte contos de réis, acredito que seria hoje uns vinte reais também.

"Então, Sr. Zé das Galinhas, quanto me paga por elas?". O Zé, como bom negociador, disse: "Sr. Pedroso, as galinhas do seu terreiro são muito boas, mas eu só pago dezessete contos de réis por cada".

Mais que depressa ele raspou a garganta e disse: "Sim, sinhô, não tem negócio, só vendo pelo meu preço".

"E qual é o preço do Sr.?".

"É catorze contos de réis cada uma, é pegar ou largar".

O Zé das Galinhas mais que depressa fechou o negócio, juntou todas, pagou e foi embora feliz da vida.

Sua filha mais velha conheceu um rapaz da capital, filho de uma tradicional família do estado, e começaram a namorar. Seu pai pôs muito gosto no namoro, pois se tratava de um bom partido.

Na virada do ano, quando se plantavam as lavouras, ele pediu aos empregados que plantassem sementes de melancia no meio da lavoura de arroz, pois quando chegasse lá pelo fim do mês de janeiro estarem ao ponto de colheita.

Durante esse período, ele foi fazendo uma seleção das melhores e maiores, que era para receber a família do seu futuro genro em um almoço de final de semana.

O Sebastião Pedroso era muito mão-fechada, não deixava ninguém pegar uma melancia sequer, estava sempre lá na roça verificando a sua lavoura pra ver se ninguém andava mexendo na sua plantação.

Alguém, talvez algum vizinho mal-intencionado, sabendo da intenção do Coronel, resolveu fazer uma sacanagem. Uns dois dias antes da tal visita, foi à noite na lavoura, escolheu a mais bonita de todas, virou-a ao contrário, retirou com a faca um tampo, e com a mão tirou o miolo dela, fez cocô dentro e tampou novamente passando um barrinho para selar a cicatriz.

No domingo seguinte, a família do noivo chegou bem cedo para o tal almoço, todos alegres, se abraçando, contando histórias, muito felizes, principalmente o casal de pombinhos. Sebastião Pedroso, mais que depressa, disse aos visitantes: "Vocês fiquem aí à vontade que vou até a lavoura buscar uma melancia pra iniciar o nosso dia". Foi lá e pegou a mais bonita de todas, exatamente a dita cuja, trouxe e colocou sobre a mesa da copa toda forrada com uma toalha branca e bordada, chamou as visitas para virem se servir da melancia.

Todos ao redor da mesa esperavam o Coronel partir a fruta, e quando ele a partiu ao meio, foi como abrir a tampa de uma fossa, o mau cheiro tomou conta da casa e todos saíram correndo para o terreiro, pois ninguém suportava.

Sebastião Pedroso queria morrer de raiva e ódio de quem fizera aquela maldade, com certeza ele daria tudo para descobrir quem foi, mas morreu sem saber.

ZÉ, O MOÇO APAIXONADO

O Zé, um rapaz muito trabalhador, honesto, muito bem-criado, viveu em um tempo em que os valores morais e religiosos falavam alto. Sentindo já os calafrios pelo corpo causados pela química dos hormônios e com os seus dezoito anos resolveu arrumar uma namorada, e como moças casamenteiras por aquelas bandas eram muito difíceis, ficou sabendo de um baile que haveria na sede de uma fazenda vizinha, e pensou consigo mesmo: "Vou a esse baile, pois quem sabe eu conheça alguma moça solteira lá nessa festa". De fato, ele conheceu uma jovem muito bonita nesse baile, de nome Maria Rosa, uma morena de cabelos compridos, olhos negros que mais pareciam duas jabuticabas, era simplesmente uma princesa.

No baile, apesar da timidez, teve a oportunidade de conversar com a moça, dançou algumas vezes com ela, e ela também gostou do Zé, pois além de educado ele era boa-pinta.

Disse a ele que era filha de um fazendeiro que morava a uns 20 quilômetros dali e o convidou para ir lhe visitar e conhecer os seus pais, que teriam muito prazer em o conhecer. "Você vai num sábado de manhã e passe o final de semana conosco, aí teremos mais tempo de nos conhecermos".

O Zé, de tão feliz, queria que aquela noite não terminasse mais. Foi para casa, contou a novidade para os seus pais, que o parabenizaram e se sentiram felizes também.

Chegou o grande dia que ele foi conhecer a família da moça, levantou cedo, arreou o cavalo, vestiu a melhor roupa, e levou mais uma troca para vestir no outro dia.

Sua mãe caprichou na matula, uma lata com tampa, a qual foi cheia com farofa de carne para que ele se alimentasse durante a viagem, pois nos seus planos chegaria somente à tarde.

Quando lá chegou foi aquela festa, todos esperando por ele, querendo conhecê-lo, os pais da moça, os vizinhos. E naquela semana ali na região não se comentava outra coisa a não ser o Zé, o namorado da Maria Rosa, e ele era todo felicidade.

Chegou a noite e depois de conversarem muito, arrumaram a sua cama, levaram para dentro do quarto a sua traia de montaria para guardar e avisaram que se ele precisasse de levantar à noite pra ir ao terreiro por necessidade fisiológica, chamasse e não fosse sozinho lá fora, uma vez que os cachorros eram muito bravos, no que ele concordou.

Quando foi de madrugada, apertou uma dor de barriga que ele chegou a suar frio, mas não queria incomodar, talvez por vergonha. Já desesperado, lembrou-se da lata de matula no embornal amarrado na cabeça do arreio e pensou: "Vou fazer o serviço na lata e pela manhã jogo fora".

Voltou a dormir, acordou e já eram umas oito horas, e todos esperando por ele para tomarem café juntos. A Maria Rosa, toda feliz, não desgrudava dele nem um segundo, e ele preocupado com a lata de matula, pois queria se desfazer dela o mais rápido possível.

Em seguida veio o almoço em família, logo às três horas da tarde serviram o lanche e ele pensou: "Vou arrear o cavalo pra ir embora, despeço-me de todos", e assim fez.

Tudo pronto, despediu-se da moça e de sua família, montou no cavalo pra ir embora, foi quando a futura sogra lhe disse: "José, não vá ainda, vou preparar um lanche pra você levar". E ele mais que depressa: "Não precisa, sobrou a matula de ontem e dá com sobra pra chegar em casa".

    A moça e a sua mãe, mais que depressa, puxaram o embornal da cabeça do arreio e foram para dentro preparar outra matula. E o Zé cutucou as esporas na anca do seu cavalo, saiu em disparada e nunca mais voltou pra ver a linda Maria Rosa.

UM NOVO AMOR

(Histórias que minha mãe contava)

Depois do acontecido com o Zé, de sair em disparada da casa de sua linda pretendente Maria Rosa, por causa da história da "matula", que já contei aqui, ele resolveu arrumar uma outra namorada, também vizinha de fazenda. Começou a frequentar a casa de uma moça muito bonita chamada Mariazinha, que morava a uns quinze km da fazenda de seu pai. Após três meses frequentando a sua casa, e ter ganhado a confiança da sua família demonstrando as suas boas intenções, obteve autorização do sogro para levá-la à sua casa num domingo, conhecer a sua família e almoçar com eles.

Pra ganhar tempo, foi no sábado pra casa da namorada, pousou lá e no domingo bem cedo buscou os cavalos no piquete, arreou o seu cavalo e depois o cavalo para a sua amada. Naquela época as mulheres não costumavam cavalgar montadas em arreios, e sim numa montaria chamada sião, em que elas viajavam sentadas de lado, esse sião tinha na parte da frente um suporte que era usado para que elas se segurassem.

O Zé prometeu pra família da moça que se não desse pra voltar no mesmo dia não se preocupasse, pois no outro dia até o almoço estariam de volta, e partiram com as bênçãos dos pais.

Enquanto eles cavalgavam com destino à casa do noivo, iam trocando juras de amor e fazendo planos para o futuro. Na casa do Zé toda a família reunida, os vizinhos, os peões da fazenda, todos queriam conhecer a namorada do Zé, que realmente era muito bonita.

Quando chegaram na fazenda, o Zé desceu do seu cavalo e foi amarrá-lo junto à cerca para em seguida ajudar a Mariazinha a descer também, mas ela, querendo mostrar para a família do namorado que era capaz de se virar sozinha, resolveu pular da sela e ficou dependurada, a barra do seu vestido, que era de algodão cru e muito resistente, ficou presa no suporte da sela, e como na época a maioria das mulheres não usava roupas íntimas, imaginem a cena. O Zé, querendo ajudar a namorada, tampou os olhos de vergonha de ver a namorada nua e com o chapéu tapou as partes íntimas da moça para que as pessoas presentes no local não vissem o que era proibido para todos, inclusive para ele. Coisas da vida.

JUÍZO

    Casado, pai de três filhos, Sebastião achava que era o tal, arrumou uma amante e estava perdidamente envolvido com essa mulher. Começou a maltratar sua esposa, a castigar os filhos sem motivos, e sem contar que já não abastecia a dispensa, deixando faltar de tudo em casa, alimentos, roupas, remédios etc.
    Para piorar a situação, alugou uma casa bem em frente onde morava com a sua família para alojar a sua amante, fazendo questão que a esposa soubesse que ele tinha outra.
    Aquilo pra ela era uma humilhação das maiores. Se ela se atrevesse a falar com ele, coitada, era capaz de ser surrada pelo atrevimento.
    Certo dia, ele foi fazer uma viagem de negócio e ficaria alguns dias fora, e comunicou a amante que iria viajar, talvez por uns quinze dias, prometendo lhe trazer vários presentes. Para sua esposa ele apenas avisou que ia viajar e perguntou por perguntar se por acaso ela tinha alguma encomenda, no que ela disse: "Sim, Sebastião, desejo que você faça uma boa viagem, que Deus e Nossa Senhora lhe acompanhem, e na volta compre para mim um JUÍZO". Ele estranhou o pedido, mas ficou calado, despediu-se friamente da sua esposa e viajou.
    Resolvidos os seus negócios, saiu à procura dos presentes da amante, comprou tudo do bom e do melhor. Já se preparava para voltar quando lembrou do pedido da esposa com o tal juízo.
    Começou a procurar em todas as lojas e nada, até que passou numa lanchonete pra tomar um lanche e perguntou para o atendente se por acaso ele não saberia informar onde poderia encontrar a tal encomenda.

Um padre que estava por perto e ouviu a conversa disse: "Não pude deixar de ouvir a sua conversa, e por acaso eu sei", pedindo que o homem lhe acompanhasse até a igreja.

Chegando lá, pediu que o homem confessasse os seus pecados e contasse tudo, não escondendo nada, e em seguida disse que ia lhe dar o JUÍZO pra ele levar para a esposa.

"Meu filho, você vai fazer exatamente o que eu estou dizendo, vai ficar aqui mais uns quinze dias, vai ficar sem tomar banho, sem fazer a barba, vai ficar com a mesma roupa até chegar lá, e faça a visita primeiramente para a amante, chegue lá de mãos abanando e a chame na porta".

Assim ele fez, chegou e foi direto na casa da amante. Quando ele chamou na porta e ela abriu, lá de fora pôde perceber a casa cheia de homens na maior algazarra, e assim que ela o avistou todo sujo, roupa rasgada e cheirando mal, disse pra ele: "Vá embora, hoje não tem esmola, e não fique aqui na porta, pois você está cheirando mal".

Diante disso, ele foi pra sua casa, e quando a sua esposa o viu naquele estado, correu e foi abraçá-lo com todo carinho. Em seguida, preparou-lhe um banho, roupas limpas e uma farta refeição, permanecendo todo o tempo ao seu lado.

Foi assim que o Sebastião conseguiu o tal JUÍZO.

FESTA NA ROÇA

A vida na fazenda sempre foi uma rotina, passava de um ano para outro, e tudo continuava na mesma, e para passar o tempo era necessário inventar alguma festa, nem que para isso fosse preciso trabalhar um dia inteiro de graça para algum fazendeiro no sistema de mutirão quando nos pediam um dia de serviço para bater pasto, limpar uma roça que estivesse suja, ou mesmo limpar um rego d'água. Quando nenhum fazendeiro pedia a nossa ajuda para fazer algum serviço, a gente se reunia às escondidas e escolhia alguém que estivesse mais precisando de ajuda para fazer algum tipo de serviço, e dava-lhe uma traição. Essas surpresas eram o seguinte: uma pessoa se encarregava de convidar os trabalhadores da região para dar um dia de serviço para um certo fulano de tal, que nunca ficava sabendo de nada, marcava o dia que seria prestado o serviço, que era sempre num sábado. Na noite anterior, a gente se reunia na casa de alguém mais próximo, e em segredo avisava a esposa desse fulano de tal da nossa intenção, pra que ela não o deixasse sair naquele dia. Quando era tarde da noite, chegavam todos na casa desse senhor com sanfona e violão e o acordava com as cantorias típicas da traição, avisando-o que no dia seguinte todos estariam ali para lhe prestar um determinado serviço. Na noite do sábado, nosso pagamento era um baile, que começava às oito da noite e ia até o dia amanhecer.

Às sete horas da noite, começavam a chegar o pessoal para a festa. Vinham todas as moças solteiras da região, viúvas, todas as famílias. Quem não dançava jogava truco a noite toda, as crianças brincavam no terreiro até mais tarde e quando chegava o sono iam pra cama, pois seus pais amanheciam festando.

Meus amigos e eu, éramos adolescentes, não sabíamos dançar nem tínhamos coragem pra chamar alguma menina, e quando conseguíamos, as pernas tremiam de tanto nervoso e não saíam do lugar. O jeito era fazer traquinagem, saíamos procurando quem levava garrafa de pinga nos embonais amarrados nos arreios, e quando achávamos, todo o líquido era jogado fora. Para evitar esse tipo de sacanagem, muitos escondiam suas garrafas nas moitas existentes nos pastos, que para nós não adiantava nada, pois levávamos grãos de milho no bolso e jogávamos um punhado sobre as moitas, e se tivesse alguma garrafa, logo se escutava o tinido dela. Aí sim, a sacanagem era ainda maior, despejávamos fora o líquido e urinávamos na garrafa, deixando-a no mesmo local.

Voltávamos para festa e ficávamos ali quietinhos como quem não quer nada, só pra ver quem ia chegar bravo querendo brigar com todo mundo. Que tempo bom que não volta mais.

EGOÍSMO OU FALTA DE EDUCAÇÃO?

"Olha o azeite quente, me dê licença, gente, por favor, abram o caminho, quando estiver pronto vocês podem servir. Do terreiro da pequena casa, meus familiares, eu e alguns amigos observávamos aquele tumulto".

O Balduino era um funcionário que trabalhava na fazenda do meu pai, homem franzino e de pequena estatura, muito brincalhão e prestativo, tanto que em todas as festas da redondeza ele sempre era requisitado para gritar os leilões, para ajudar a rezar o terço e depois para servir o lanche, que era sempre farto de bolos de toda espécie, muito café, chá e leite adoçado. Naquele dia o evento aconteceu na casa do Sr. Nelson Baiano, que era meeiro na fazenda do Sr. Sebastião Barbosa. Pois bem, o Balduino, com a pressa de servir à mesa, veio passando no meio do povo e pedindo para que o deixassem passar, e quando chegou com a peneira cheia de bolo para colocar sobre a mesa, observou que não havia mais nada dentro. À medida que ele foi passando, as pessoas foram pegando sobre a sua cabeça e não sobrou nada. Furioso, ele deu uma verdadeira lição de moral em todos que estavam ali: "Isto é uma falta de educação, dá a impressão que vocês estão passando fome em suas casas, vocês não podem esperar eu servir à mesa primeiro?" Todos se afastaram para que ele completasse o seu trabalho. Quando terminou ele disse que poderiam se servir, foi como um estouro de boiada, partiram todos ao mesmo tempo com toda a gulodice, e a mesa quebrou-se toda.

De repente, eu me vi mais de quarenta anos depois, em uma festa da alta sociedade, e parecia que nada havia mudado. As pessoas querendo se servir primeiro, passando à frente uns dos outros, alguns disfarçadamente abastecendo os bolsos e falando de boca cheia, sem se arredarem da mesa para que o próximo pudesse se servir também.

    A realidade é que mudou muito pouco, o egoísmo permanece o mesmo.

TKR

Às vezes eu fico lembrando de fatos que aconteceram comigo ou com amigos e chego a rir sozinho.

Lembro-me de um fato ocorrido na minha juventude, quando eu trabalhava em uma agência bancária situada na Av. W3, em Brasília. No horário do almoço, como a gente morava numa república para os funcionários do banco bem próximo do local de trabalho, almoçávamos e voltávamos bem rápido para termos mais tempo para jogar conversa fora nos fundos da agência, que dava saída para a Av. W2.

Ali se discutia futebol, pescaria, namoradas etc. Certo dia, num bate-papo sobre carros e sons automotivos, um dos colegas dizia que naquele final de mês ele iria comprar um rádio toca-fitas para colocar no seu fuscão, pois havia conseguido juntar dinheiro suficiente para comprar o tão sonhado TKR cara preta. Quem é da minha época sabe que era considerado o SOM.

De repente, parou um carro junto de nós, desceram dois rapazes e um deles disse: "Por acaso vocês querem comprar um rádio toca-fitas TKR cara preta?". O colega que comentava que ia comprar um som no final do mês se interessou e perguntou quanto custava. O rapaz disse: "Nas lojas por aí está custando seiscentos cruzeiros e estou vendendo por quatrocentos, vendo barato, porque buscamos direto do Paraguai".

Antes que o colega fechasse o negócio, o Magno, que era o contador da agência, um mineiro de Candeias (MG), e o Magno Cheiroso, um paranaense de Curitiba, supervisor de caixas do banco (ele tinha esse apelido de cheiroso porque não gostava de tomar banho, e pra disfarçar o odor de suor passava bastante perfume", mais que depressa entraram na frente e compraram o aparelho. Foram no caixa do banco, pegaram duzentos cruzeiros de cada um e pagaram o aparelho. O rapaz disse: "Vou pegar o que está na embalagem, que é zerado." Contaram o dinheiro, agradeceram, entraram no carro e se mandaram. Os dois ficaram ali fazendo projeto com o som. "A gente instala ele no sistema de bandeja e aí é só tirar de um carro e passar para o outro".

Eu, que estava ali até o momento só assistindo, resolvi perguntar: "Vocês não vão abrir a caixa para ver a mercadoria?". Na verdade, eu também estava curioso pra ver o famoso toca-fitas.

Resolveram abrir a caixa e descobriram que haviam comprado o mais caro tijolo do mercado.

No banco bem como lá na República onde morávamos, estavam todos proibidos de falar a palavra TKR.

Os dois quiseram ser espertos e se deram mal.

CINE TEATRO ARAGUAIA

Para sobreviver, sacar primeiro era preciso, e foi assim durante toda a minha vida. Aprendi que é preciso lutar, batalhar e pôr em prática tudo que aprendi durante toda a minha existência. Descobri que aprendi muito pouco até hoje, a não ser os bons ensinamentos dos meus pais.

Ainda adolescente, aos sábados, mal esperava chegar a noite para assistir aos filmes de *bang-bang* que passavam no cinema de nossa cidade. Aquilo era sagrado para mim e para todos da minha época.

A minha juventude era uma rotina, fazia de tudo durante a semana para ganhar alguns trocados, pegava quintais para limpar, fazia pintura de casa, trabalhava de servente de pedreiro, vendia alguma coisa na rua, como frango, ovos e até mesmo laranjas, tudo pensando no cinema. Que tempo bom, cheio de ilusões e esperança.

Quando chegava o sábado, tomava um bom banho, colocava a melhor roupa que tinha, que aliás não tinha nem uma especial, chegava à porta do cinema por volta das sete da noite, comprava o ingresso, entregava pro Sr. José Claudino na portaria e ia até a bomboniere do Sr. Chicão comprar algumas balinhas, pois se desse sorte talvez sentava ao meu lado alguma garota, e era para iniciar um bate-papo, coisa que raramente acontecia.

Enquanto não começava o filme, ficávamos discretamente olhando para a última fila do lado direito pra ver quem ia sentar ao lado da Maria naquela noite, moça humilde e até bonita, todos gostavam de se sentar ao seu lado, pois era garantia de amasso na certa, apesar de os rapazes gostarem de se sentar ao seu lado, ninguém tinha coragem de entrar no cinema acompanhando a Maria.

Terminava o filme, que para mim era uma verdadeira película, saía do cinema me sentindo um verdadeiro Giuliano Gemma, com os braços para baixo e com as mãos abertas pronto para sacar a qualquer momento. Lá ia eu rua acima até a minha casa, que ficava poucas quadras do cinema.

O tempo passou e eu continuei a minha luta, sempre tentando sacar primeiro, pois as oportunidades da vida eram e continuam sendo poucas. Grandes recordações desse tempo de minha juventude.

A VIDA NUNCA FOI FÁCIL

Lembrando algumas histórias que meu pai sempre nos contava, lembrei-me de uma que ficou marcada bem lá no fundo de minha memória, e hoje sinto o quanto nós pecamos por não darmos a atenção necessária aos mais velhos, que sabiam muito e tinham muito mais para nos contar.

Em 1925, diante das dificuldades da época e da vontade de crescerem e fazer alguma coisa pelas suas famílias, muitos partiram de Minas Gerais com destino a Goiás, deixando para trás pais, irmãos, parentes, amigos, e às vezes nunca mais retornando à terra natal.

Foi o caso do meu avô, que partiu de Luz com a esposa e filhos pequenos e mais seis famílias, todos parentes entre si, viajaram por mais de três meses em carros de bois, numa viagem tão longa que era necessário trazerem na bagagem eixos sobressalentes para trocarem durante a viagem, mulheres e crianças tinham que vir a pé e descalços atrás dos carros tocando as criações, só os menores podiam viajar dentro dos carros. Contavam que era tudo tão difícil, não havia recursos, a alimentação era precária, a saúde, então, nem se fala, chegando a falecer uma das crianças, a qual foi enterrada na beira da estrada, pois não tinha como ser diferente. Segundo o relato de uma dessas crianças que tive o prazer de conhecer em 2013, quando do nosso encontro de família aqui em Itaberaí, na época com sete anos de idade e atualmente com os seus noventa e três anos, me disse que vieram para Itaberaí porque as terras aqui eram boas e baratas, e ficaram por uma semana numa hospedagem mantida pelo Cel. João Caldas. Pela descrição dela, visitando a cidade, seria onde hoje é a Casa Espírita Vicente de Paula.

O Coronel recebia a todos que chegavam em busca de terras e às vezes nem cobrava pela hospedagem, pois ele aproveitava para negociar com eles, vendendo e comprando o que eles traziam. Ela me contou, ainda, que na esquina onde hoje é a casa Dr. Helio P. de Abreu era uma área livre e havia ali um enorme pé de manga, e sempre um monte de lenha para que eles pudessem se aquecer, pois sempre chegavam à cidade nos meses de junho a agosto, quando era a estação mais fria do ano, mais à frente e à esquerda havia um cemitério onde ela e as demais crianças iam brincar, e eram repreendidas pelos seus pais. Falou de um rego d'água que vinha até próximo à hospedagem, do qual não tive conhecimento. Segundo ela, seu pai não gostou da região e resolveu voltar para Minas Gerais. Para vir a Goiás ele havia vendido três fazendas que possuía no município de Luz, e retornando conseguiu comprar apenas duas das que ele havia vendido, a outra ficou no meio do caminho da vinda e volta da aventura.

Meu avô e os demais compraram terras no município de Itaberaí, do Sr. Trajano Viera, local próximo de onde hoje é Itaguari, fincando raízes na região.

Meu avô, logo a seguir, foi acometido por uma grave doença tropical, vindo a falecer em 29 de dezembro de 1931, conforme certidão de óbito n.º 174, aos cinquenta e três anos de idade, portanto seis anos após a sua chegada. A partir dessa data, os problemas da família estavam só começando, os agiotas tomaram tudo o que ficou pra minha avó, terras, animais, deixando apenas problemas e mais problemas. Sem condições financeiras para criar os dez filhos pequenos, teve que ir à luta, fazia de tudo: farinha de milho e mandioca, polvilho, rapadura, tecidos feitos no tear, e tudo para levar nos lombos de animais até a cidade de Goiás, que na época ainda era a capital do estado.

Meu pai contava sempre de uma dessas viagens que ele fazia acompanhado do seu irmão Antenor, para levar as mercadorias até o Mercado de Goiás, e ali na Igrejinha das Areias era onde eles pousavam para chegar cedo ao mercado. Nesse dia deitaram cedo, pois estavam cansados e dormiram um sono pesado. Quando foi lá pelas dez da noite, mais ou menos, acordaram com o esturro da onça rondando o cercado onde ficava a tropa, e quando levantaram de manhã é que notaram a falta de um potro que acompanhava uma égua de carga. Essa talvez tenha sido uma das últimas, senão a última viagem à cidade de Goiás para levar mercadorias.

Alguns dias depois, chegou em sua casa para fazer-lhe uma visita o seu compadre e talvez um dos melhores amigos da família, o Sr. Trajano Vieira, que a encontrou ralando mandioca para fazer polvilho. Ela ficou muito feliz com a visita, parou o seu trabalho e foi fazer um café para lhe servir, e quando chegou na sala com a xícara de café e lhe entregou, caiu a seus pés, o infarto foi fulminante. Nesse dia terminou o sonho dessa família que veio de tão longe para vencer aqui em Goiás, e o destino não permitiu. Contudo, o que plantaram falou mais forte, seus filhos, netos, bisnetos e tataranetos continuam semeando a paz, o progresso e o amor, pois, apesar de sermos humildes, não consta que alguém da família Procópio de Oliveira os tenha desabonado com a falta de caráter, desonestidade ou preguiça, por mais humilde que sejamos, somos todos gente de bem.

Apesar de nunca os ter conhecido, sinto uma saudade muito grande do meu avô Procópio Rodrigues de Oliveira e de minha avó Antônia Maria de Jesus, graças a eles hoje estamos aqui dando continuidade ao trabalho que eles começaram.

SEM PROBLEMAS

Em um reino muito distante, havia um Monarca muito poderoso e muito querido pelos seus súditos, pois eram tratados com muito respeito e dignidade pelo Rei. Tanto que faziam o possível e impossível para atenderem às ordens de sua Alteza Real.

Certa vez, o pequeno Príncipe se acometeu de uma grave doença, e era um caso gravíssimo, podendo levá-lo a óbito.

O Soberano mandou chamar todos médicos e curandeiros da região para que salvassem o pequeno Príncipe, que a cada dia ficava mais e mais debilitado. No entanto, ninguém conseguia salvar aquela criança, que nascera em um berço de ouro, sempre cercada de todos os cuidados.

Como nesse reinado não havia o Sistema Único de Saúde, ou seja, o popular SUS, o Rei chamou o seu conselheiro particular e fiel amigo para se aconselhar com ele. "Diga-me, meu conselheiro de todas as horas, o que mais eu posso fazer para salvar o meu pequeno e amado Príncipe? Já fiz de tudo e nada conseguimos, que orientações vós tendes para me dar?".

O fiel conselheiro disse: "Majestade, Vossa Alteza é testemunha de quanto eu sou dedicado ao Sr. e a toda a vossa família, e principalmente ao pequeno Príncipe, pelo qual tenho toda a minha admiração e dedicação. Pelos meus conhecimentos, só existe uma pessoa capaz de salvar seu filho, a Bruxa, e ela mora muito distante, em um vale assombrado bem depois das montanhas".

O Rei, mais que depressa, disse: "Mandem uma comitiva buscar essa mulher o mais rápido possível", e assim foi feito.

Quando chegaram com a tal mulher, ficaram todos meio assustados com o estado físico e aparência da tal senhora, mas levaram-na à presença do Rei, que foi logo perguntando: "O que posso fazer para salvar o meu filho, Sra.?".

Ela pensou, pensou e disse: "Majestade, só há uma solução para este problema. Mande seus soldados procurarem em todo o reino um homem que não tem e nunca teve problemas, tragam uma camisa dele e cubram o pequeno Príncipe com ela, só assim salvará o seu filho".

Mais que depressa, o Rei ordenou que todos fossem à procura desse homem. Depois de uma semana de procura e sem resultado, numa última tentativa, encontraram em uma casinha muito humilde e bem distante do castelo um feliz e sorridente senhor, que logo que viu a comitiva de soldados foi ter com eles, perguntando: "Em que posso ajudá-los, nobres cavaleiros?".

Depois de explicarem o que se passava, o homem disse: "Realmente, nunca tive e não tenho problemas, só que não tenho camisa, como podem ver. Vivo do meu trabalho, não tenho ambição do que não me pertence, não tenho vaidade e muito menos inveja de quem tem, por isso sou muito feliz".

Os soldados voltaram tristes para levar a notícia ao Rei, e quando chegaram, de longe avistaram o pequeno Príncipe brincando no pátio do castelo com as outras crianças e totalmente curado, pois o que ele tinha era apenas uma virose, que naquela época era desconhecida por todos.

Assim é a vida, se quer ser feliz, esqueça a inveja, o egoísmo, o ódio, a ganância por ter mais e mais. Seja amigo de todos e principalmente da natureza. Desta vida nada se leva, a não ser as boas ações e caridades praticadas!

SOPA DE PEDRA

Após uma semana de viagem no lombo de um burro e bastante cansado e com fome, Valdomiro, um tropeiro que ganhava a vida comprando e vendendo gado pelo sertão de Goiás, viu ao longe ao pé da serra uma casa de um sertanejo e pensou: "É ali que vou pedir pouso e uma janta, pois estou desde as dez horas da manhã sem comer nada, espero que eu consiga".

Depois de cavalgar por mais uns dez minutos, chegou a tal casa e apeou o burro, amarrou-o numa estaca de cerca junto à porta de entrada e chamou pelo morador. "Ô de casa!" Ninguém responde, e ele insiste, batendo palmas: "Tem alguém em casa?". E até que enfim apareceu uma senhora de uns 40 anos, que de tanta preguiça mal respondia.

"Boa tarde, senhora!". No que ela respondeu: "Tarde...".

"Senhora, estou viajando há uma semana, estou sem comer nada desde as dez horas da manhã, por acaso a senhora pode me arrumar um pouso e um prato de comida?".

No que a mulher disse: "O senhor pode soltar seu burro para pastar aí no quintal, e arme sua rede ou sua cama aí no paiol, mas comida para o senhor não tem, não, pois não tenho nada pra cozinhar e fazer uma janta".

Na verdade, ela não queria era fazer, pois a preguiça era tanta que estava estampada no seu rosto. E o viajante insistia: "Não é de graça, não, senhora, eu pago". Mas mesmo assim não conseguiu nada.

Aí Valdomiro teve uma ideia e perguntou: "A senhora tem gordura em casa, sal e farinha de milho?". No que ela respondeu: "Tenho".

"A senhora faz uma sopa de pedras para mim?". No que ela respondeu que sim, pois queria vê-lo comendo pedras.

O viajante foi até o riacho próximo, juntou um punhado de pedrinhas no fundo do rio, lavou bem e levou para a senhora fazer a tal sopa. E a mulher, sem saída, disse a ele: "Então o Sr. me explica como faz".

"A senhora coloca uma colher bem cheia de manteiga na panela, uma colher de sal, meio litro de água, acrescente as pedras e leve ao fogo. Quando estiver fervendo, acrescente um copo de farinha de milho e deixe ferver bastante, depois de dez minutos está pronto".

A mulher fez exatamente como ele pediu, e depois de pronto, serviu-lhe a sopa e ficou por ali esperando para ver o viajante comer a tal sopa.

Valdomiro encheu bem o prato, sentou-se na soleira da porta, fez o Nome-do-Pai, agradecendo pela refeição, e começou a comer, enchia a colher e levava à boca, chupava a pedra, tirava da boca e jogava fora, e foi assim até servir toda a sopa.

Assim é a vida, por mais difícil que seja, sempre há uma solução.

BOM APETITE.

O HOMEM DA ESTRADA

Parei uns cinquenta metros antes da curva para ver um pássaro muito bonito que pousou na estaca da cerca ao lado da estrada, sinceramente, nunca havia visto um pássaro igual e fiquei parado ali tentando identificá-lo, até que ele voou para longe. O sol do meio-dia estava castigante, uma estrada de terra batida e de muita poeira, saí devagar, mesmo porque logo a seguir havia uma curva bem acentuada e perigosa. Assim que a contornei, vejo estirado na pista um senhor de uns quarenta anos, mais ou menos, pele escura, talvez pelo excesso de sol. Havia caído da sua bicicleta e essa por cima dele. Por mais que ele se esforçasse, não conseguia se levantar. A minha sorte, e talvez a dele também, é que eu estava indo devagar e consegui desviar dele e evitar um acidente grave.

Parei o carro debaixo de uma pequena árvore ao lado da cerca e fui ajudá-lo. "Então, seu Zé, não consegue se levantar?" Tirei a bicicleta de cima dele e verifiquei que havia uma garrafa de cachaça dentro de um embornal amarrado no guidão da bicicleta e completei: "Foi o conteúdo da garrafa que derrubou o senhor, não foi?". E ele disse: "Foi não, senhor, foi fraqueza, estou desde cedo sem comer nada e minha pressão caiu, e como o senhor pode ver, a garrafa de pinga está lacrada".

Ajudei ele a se levantar, o amparei até a sombra de uma árvore, perguntei se queria um copo d'água, ele aceitou. No carro havia uma garrafa PET de dois litros vazia, enchi com a água da garrafa térmica que sempre carrego e lhe entreguei. Ele bebeu, passou a mão na testa e agradeceu. Perguntei se queria comer uma maçã para enganar a fome e lhe entreguei as duas unidades que ainda havia numa sacola plástica, ele pegou e me agradeceu, dizendo: "Deus te pague, moço, mas essas frutas vou levar para minha filhinha, que está lá em casa esperando comida e nunca comeu uma fruta dessa". Aquilo me partiu o coração, mas era tudo que tinha comigo naquele momento. Despedi-me do senhor, entrei no carro, e ele ainda disse: "Muito obrigado, seu moço, e que Deus te acompanhe". E eu também lhe disse: "Que o senhor fique com Ele também". Entrei no carro e saí devagar, e sempre olhando pelo retrovisor aquele homem até sumir do alcance da minha visão. Até a rodovia pavimentada ainda rodei uns oito km e sempre pensando: "Será que aquele pássaro estava ali na cerca para me avisar do que estava à minha frente?". Não sei se foi um aviso ou simplesmente uma coincidência, o fato é que fiquei impressionado. Há muito eu tenho obedecido à minha intuição e percebo que cada vez mais Deus está sempre do meu lado.

O CONTO DO VIGÁRIO

Os dois amigos estavam sentados no banco da praça ao lado da igreja jogando conversa fora, quando o vigário da paróquia passou e acenou para eles, que corresponderam. Daí se seguiu aquele minuto de silêncio, um tentando ouvir do outro algum comentário, até que um olha para o outro e diz:

— Oh, Zé, você já reparou como esse vigário é mão-fechada? Nunca fez graça para ninguém, gosta de almoçar na casa dos fiéis, um dia na casa de um, outro dia na casa de outro, e assim vai levando. Ninguém nunca conseguiu lanchar na casa dele, muito menos almoçar, pois na hora do almoço o vigário trancava a porta e não recebia ninguém.

O Zé ficou em silêncio por algum instante e depois disse:

— Eu vou lá almoçar com ele amanhã.

— Eu duvido que você consiga almoçar com ele, Zé, se você conseguir eu te dou uma caixa de cerveja e se você não conseguir você me dá uma, fechado?

– Fechado!

No dia seguinte, na hora do almoço, lá foi o Zé para a casa do vigário, e seu amigo ficou sentado no banco da praça aguardando o resultado.

Toc, toc, toc na porta, e lá de dentro o vigário pergunta:

— Quem é?

— É o Zé da Tonha, Seu Vigário.

O vigário veio, abriu a porta e perguntou:

— O que aconteceu? E o que você quer a essa hora, não está vendo que estou ocupado?

— Sabe o que é, Seu Vigário, eu só queria saber do senhor o quanto vale uma pedra de diamante desse tamanho? — disse, mostrando com os dedos.

Mais que depressa o vigário acabou de abrir a porta e disse:

— Entra, meu filho, entra, venha almoçar comigo, depois tratamos de negócio.

O Zé entrou e se sentou à mesa com o vigário e fartou-se do almoço do religioso.

Terminada a refeição, o vigário disse para o Zé:

— Meu filho, agora vamos tratar de negócios.

— Seu Vigário, eu quero saber do senhor quanto vale uma pedra de diamante desse tamanho? — Mostrou novamente com os dedos o tamanho da pedra.

— Deixa eu ver ela, Zé — disse o vigário.

E o Zé, na maior cara de pau:

— Eu quero só saber. Porque quando eu achar, já sei o quanto vale.

O vigário, decepcionado por ter sido feito de besta, diz para o Zé:

— Ponha-se daqui para fora, já.

CORONEL JOÃO CALDAS

Certo dia saí a pé pela cidade, assim, como sem destino e sem preocupação com o tempo, comecei a observar o nome da praça por onde andava e fiquei pensando: "Quem era esse Sr. chamado Coronel João Caldas? O que ele fez de tão importante para ter essa patente de coronel?".

Comecei a pesquisar sobre a sua vida e descobri que na verdade ele não fora militar, e se tinha aquele título é porque ele foi uma pessoa muito influente no meio político, no comércio, na vida social e econômica. Portanto, uma pessoa de muitas posses, por isso comprou o título, o que era comum na época.

Interessei-me pelo assunto e aprofundei-me de tal modo que não sei como, mas de repente estava eu em frente da sua residência mais de oitenta anos atrás. Juntei-me às pessoas que ali estavam também querendo falar com o Coronel, pedir algum favor, vender alguma coisa, pois ele era um comerciante muito forte, além de corretor de fazendas, e por isso o pessoal que vinha de Minas Gerais e outros estados em busca de terras se hospedava em sua casa para fazer negócios com ele.

Em frente à sua residência, havia uma enorme praça, e pude contar uns quatro carros de bois carregados de tudo que uma casa de fazenda possui, ferramentas, cachorros, galinhas etc.

Perguntei a uma pessoa que estava sentado em um banco à porta de entrada: "Quem é e de onde vem esse pessoal dos carros de bois?". E ele me respondeu: "Esse pessoal está vindo de uma cidade chamada Luz-MG, estão comprando fazenda aqui na região".

Quando chegou a minha vez de ser atendido, entrei, e lá estava ele na sala, atrás de uma mesa cheia de objetos que eram comercializados com os seus clientes.

Ele era um senhor magro, alto, de rosto fino e um grande bigode. Pude perceber que era um homem muito sistemático e com a paciência curta para conversa fiada. E logo foi dizendo: "Quem é você e o que quer aqui?". Eu devia ter dado meia-volta e me mandado enquanto era tempo, mas não, resolvi dizer que eu viera do futuro, de uns oitenta anos à frente, e que estava ali para conhecê-lo e fazer uma entrevista com ele.

E aí ele deu uma raspada na garganta e falou bem ríspido comigo: "Não admito brincadeira". "Mas Coronel, eu posso provar para o senhor que estou falando a verdade, está vendo o meu estilo de roupa? É totalmente diferente da roupa de sua época". E ele: "Isso não prova nada".

Foi quando enfiei a mão no bolso, vi que estava com o celular e pensei: "Agora vou dar o xeque-mate".

"Coronel, está vendo este aparelho aqui? Chama-se celular, é um telefone sem fio, ou seja: com este aparelho eu posso falar com alguém que está bem distante daqui. Eu vou fazer uma ligação para uma pessoa que é seu descendente e mora na minha época".

Ele ficou me olhando de cima a baixo e esperando o desenrolar da conversa.

Digitei os números da pessoa que eu sabia que era seu parente e fiquei esperando ele me atender.

Que atender, que nada, se naquela época não tinha nem luz elétrica, como haveria de ter torre de telefone celular?

Juro, fiquei sem saída. E ele, percebendo que estava sendo enganado, ficou de pé atrás da mesa e disse com a voz bem firme e alto: "Ponha-se daqui pra fora e não ponha mais os pés aqui. Não está vendo que eu tenho mais o que fazer?".

Saí com tudo da sua casa, e não consegui nada do que eu queria.

Foi aí que percebi que eu estava debruçado sobre um livro de biografias tentando descobrir alguma coisa sobre o tão famoso coronel de nossa cidade de outrora.

ITABERAÍ DO RIO DAS PEDRAS BRILHANTES

Morando na zona rural desde que nasci até os meus doze anos de idade, eu não conhecia outra cidade além de Itaguari, cidade fundada pelo meu tio Pedro Procópio e demais colaboradores. Ali eu e meus irmãos tivemos os primeiros anos de escola, ou seja, a nossa alfabetização. Um dia nosso pai nos disse que havia nos matriculado em outra escola de outra cidade e que era preciso mudar.

A princípio ficamos chateados, pois não queríamos sair daquele mundo em que vivíamos e éramos muito felizes. Mas nosso pai nos disse que era questão de tempo e nós iríamos gostar, pois Itaberaí era uma cidade grande.

A partir de então, compramos a ideia. Quando aqui chegamos, ficamos deslumbrados com a cidade, como era grande e quanta gente importante e desconhecida. Na nossa cabeça era a maior cidade do mundo, era tudo o que meus irmãos e eu conhecíamos. A princípio fomos morar na Rua Major Garcia, alguns anos depois meu pai comprou uma casa na praça principal, onde moramos por muitos anos.

O tempo foi passando, fui adquirindo conhecimentos e cheguei à conclusão de que a cidade era apenas uma pacata cidadezinha de pouco mais de dez mil habitantes.

Um dia, tive que sair para continuar os meus estudos e trabalhar. Fui pra capital do estado, vivi muito tempo por lá, estudei, trabalhei, conheci novas cidades, fui morar em outros estados, em outro mundo, e depois de muito tempo descobri que não precisava ir tão longe para encontrar a paz e a felicidade, elas estavam aqui na minha cidade, inclusive o amor da minha vida.

Hoje, recordando o que nosso pai nos disse, concordo plenamente com ele: Itaberaí é uma cidade grande. Cidade de paz, prosperidade, de um povo alegre e acolhedor, trabalhador e de grandes empreendedores.

Esta é a nossa cidade, nascida como Curralinho, às margens do Rio das Pedras Brilhantes, sendo a origem do nome Itaberaí, que em 9 de novembro de 2015 completou 154 anos de muita história e um grande futuro pela frente.

Parabéns, Itaberaí! Parabéns aos grandes empreendedores e aos administradores que fazem desta cidade um grande polo de desenvolvimento.

VELHO CARRO DE BOI, VELHAS LEMBRANÇAS

Ele sempre estivera ali, esquecido por todos, abandonado por aqueles que o usaram enquanto puderam. Menos eu, que sempre que podia ia lá estar com ele, brincar junto dele, passava horas e horas ali subindo e descendo o seu corpo carcomido pelo tempo, que a cada dia que passava ia se deteriorando. Na minha inocência eu pensava: "Vou crescer e vou cuidar dele", porque os adultos da minha família diziam que não tinham tempo nem interesse de cuidar dele.

Meu mundo era limitado, não podia fazer nada. Levantava de manhã, tomava o meu lanche e logo minha mãe dizia: "Filho, vai brincar, mas não vá muito longe, porque quando precisar de você eu te chamo".

E assim foi a minha infância, um dia, mais outro dia, uma semana, outra semana, mais um ano, sem contar que na minha cabeça aquilo durava uma eternidade. O pior é que eu continuava incapaz de fazer alguma coisa por ele, que a cada dia se deteriorava mais e mais, até que um dia meu pai chegou pra nós na hora do almoço, num dia de sábado, e disse: "Na segunda-feira vocês irão pra cidade, matriculei vocês na escola e vão estudar, só durante as férias e alguns finais de semana é que vão voltar aqui na fazenda". E eu, chateado, perguntava a mim mesmo: "Pra que isso? Eu não quero nada de escola, de cidade, nada, aqui eu tenho tudo o que eu quero".

Mas o tempo passou, e lá fomos nós para um mundo diferente, de gente estranha, pessoas que jamais pensei existirem.

O meu projeto de restauro ficou para trás, e à medida que o tempo passava fui esquecendo dele, a ponto de que em uma década voltei às minhas origens e lembrei-me de ir visitá-lo debaixo da grande árvore de pau-d'óleo. Pra minha decepção, já não havia mais nada, a não ser algumas ferragens de suas grandes rodas caídas e enterradas na terra.

Assim é a vida. Você passa grande parte de seu tempo fazendo projetos, fazendo visitas a um amigo, querendo ajudar alguém que precisa da sua ajuda, do seu carinho, de um abraço, e tudo fica nos projetos. E aí você diz: "Não adianta mais, o tempo passou". Pense nisso.

NADA SERÁ COMO ANTES

Cheguei em casa, abri a caixa de correspondências como sempre fiz, e lá estava o aviso dos Correios de que a minha mercadoria havia chegado. Como eu havia esperado aquele momento! Nos últimos dez dias, eu verificava a caixa dos correios até duas vezes por dia.

Mais que depressa fui à agência dos Correios buscar minha encomenda. Já passava das três da tarde e eu não queria deixar para o dia seguinte, mesmo porque era uma sexta-feira, e se não pegasse naquele dia, só na segunda-feira.

Chegando em casa com a encomenda, sentei-me no tapete da sala e mais que depressa comecei a abrir o pacote, e ali estava a minha coleção dos Beatles, catorze LPs muito bem embalados e mais quatro fotos coloridas dos integrantes da banda mais famosa de todos os tempos. Examinei um por um e resolvi ligar o toca-discos, peguei o primeiro disco aleatoriamente e a primeira música tocada foi "Yesterday".

No momento, eu viajei para um mundo paralelo e muito distante, eu me sentia um Beatles legítimo, apesar de não entender nem uma palavra em inglês.

Depois de muitas décadas é que eu percebi que durante esse tempo todo, enquanto eu viajava para um mundo distante, muita coisa aconteceu. Muitos amigos e entes queridos não viajaram comigo, ficando para sempre na minha memória em um mundo que não existe mais.

Neste último dia dedicado aos pais, eu ganhei da minha esposa e da minha filha um presente surpresa, uma maletinha muito bonita, e ao abri-la verifiquei que era um toca-discos de vinil.

Fiquei muito feliz com o presente, logo lembrei-me da minha velha coleção de discos de vinil e fui procurá-la no fundo do baú, e lá estava. Toda empoeirada, cheirando a mofo, mas intacta, sem nem um arranhão, tudo como se eu a estivesse abrindo pela primeira vez. Lembrei-me da primeira música tocada e fiz questão de começar com ela: "Yesterday", muito linda, por sinal. E viajei no tempo novamente, só que dessa vez ao passado, lembrei-me de todas as passagens da minha vida, dos amigos, parentes, lugares por onde passei, e simplesmente descobri que nada será como antes.

O MOTORISTA DE ÔNIBUS

Um dia, tirei um tempinho e fui fazer uma visita pro meu vizinho, que apenas conhecia de vista há mais de seis meses e nunca me aproximei para trocar dois dedos de prosa com ele. Sempre naquele "Olá, vizinho, bom dia, como vai?". E o tempo passando, e jamais tive tempo e disposição para me aproximar dele e puxar uma conversa. Até que naquele dia cheguei da rua e ele estava sentado à porta de sua casa, guardei o carro na garagem e fui fechar o portão, e quando olhei em frente o vi sorrindo e cumprimentando-me com um leve aceno de mão.

Atravessei a rua, fui até ele, me apresentei, ele se apresentou, chamou-me para entrar e eu disse que ali fora estava bom, quando ele pediu à sua esposa que trouxesse uma cadeira para que eu me sentasse, e me apresentou sua esposa e sua filhinha.

Ficamos ali sentados por mais de meia hora, conversando e jogando conversa fora.

Perguntei qual era a sua profissão, e ele me disse que era motorista de ônibus e que trabalhava no Expresso Maia há muito tempo.

Foi quando eu lhe disse: "Você deve ter muita história pra contar, né, vizinho?".

E ele respondeu: "E tenho mesmo. Vou lhe contar uma. Certa vez, o meu chefe me ligou, e pediu que eu fosse até a garagem, pegasse um micro-ônibus e fosse até o quartel buscar vinte policiais, e que eu os levasse até Mato Grosso, no Vale do Araguaia, na região de Araguaina, pois estava havendo um conflito de posseiros na fazenda de um político forte de Mato Grosso, e ele resolveu pedir ajuda ao amigo político do lado de cá, mas para mim essa fazenda era mesmo do político do lado de cá.

"Chegamos às margens do rio para fazer a travessia na balsa, já eram seis horas da tarde, e como a balsa estava na outra margem e a partir daquele horário não havia mais baldeação, tivemos que pousar para sair às seis da manhã".

"Dormimos ali mesmo dentro do ônibus, eu e os vinte militares. Quando foi cinco e meia da manhã, a balsa já estava retornando, alguém bateu com alguma coisa metálica no vidro da janela do meu lado pedindo que eu abrisse a porta do ônibus, que era um assalto e eles queriam o veículo. Eu pus a mão na cabeça e falei bem alto pra que os militares acordassem e ficassem de prontidão, 'Não atirem, por favor, não atirem, eu vou abrir a porta, vou descer e vocês podem ficar com o ônibus'".

"Desci rapidinho, e os três subiram rapidamente e fecharam a porta, só aí é que eles perceberam que tinha dado tudo errado quando olharam para trás e viram aquele tanto de policiais, todos com as armas apontadas para eles, o jeito foi soltarem as suas armas e colocarem as mãos na cabeça".

E aí eu perguntei: "E o que eles fizeram com os bandidos?", já pensando besteira.

E o vizinho continuou: "Os soldados algemaram os três lá nos últimos bancos e partimos para a nossa jornada".

"Quando chegamos lá na fazenda, não houve conflito, pois os posseiros, sabendo do que ia acontecer, anoiteceram e não amanheceram. E os três bandidos voltaram conosco e foram presos na delegacia da nossa cidade".

Despedi-me do meu vizinho e lhe disse: "Outra hora volto aqui para você contar outras histórias dessas, e essa história vou passar para frente".

A FOGUEIRA

A lua ainda não havia surgido no horizonte sobre a serra, mas com a ausência da luz das cidades, o céu completamente estrelado, podendo ver todas as constelações, era um espetáculo fantástico, era como se estivesse vendo o mundo todo em três dimensões.

Fiquei ali por longo tempo admirando aquela maravilha, e de repente me vi sentado em frente à fogueira.

Haviam terminado de rezar o terço, levantaram o mastro com a bandeira do Divino Espírito Santo, serviram os comes e bebes aos presentes, a fogueira toda em chamas, e eu ali, estático, me aquecendo do frio do mês de julho. Em volta, todos os convidados, meus irmãos, um a um, numa alegria contagiante, brincando, correndo juntamente dos filhos dos convidados.

Meu pai e minha mãe, sempre alegres e sorrindo com a alegria e felicidade de todos nós, enquanto aproveitávamos o máximo aquela festa, pois outra igual só no ano seguinte.

Terminada a festa, todos foram embora, meus irmãos se recolheram, enquanto eu admirava as faíscas das brasas da fogueira rumo ao céu, e sempre acreditando que elas subiam para virarem estrelas, na época eu tinha de dez a doze anos e acreditava em muitas coisas impossíveis.

Foi quando a minha mãe me chamou a atenção pra que eu também me recolhesse, pois já era tarde. De repente, eu não estava mais ali, e sim mais de cinco décadas na frente, sozinho, vendo o céu estrelado.

Assim é a vida, um dia você acorda e já passou tanto tempo que você nem acredita que tudo aquilo foi verdade, pois só nos restam duas opções: viver e envelhecer, ou a segunda opção, que é muito ruim.

INTUIÇÃO?

Era preciso ter muita fé e acreditar que o socorro viria e continuar rezando com afinco, ou simplesmente morrer, pois o local onde caíram era um aterro muito alto e todo fechado com o tabocal, tirando toda a visão de quem passava pela rodovia.

Numa segunda-feira, meu colega de banco Leonardo e eu saímos de Cuiabá com destino a Cáceres-MT, onde nós iríamos dar uma palestra aos demais colegas da agência bancária daquela cidade, por isso levantamos bem cedo para ganhar tempo, já que de Cuiabá a Cáceres são 200 quilômetros de distância. Durante a viagem fomos conversando, trocando ideias, falando de negócios, da nossa rotina do dia a dia, dos nossos sonhos e desejos para o futuro, ele sempre falando da sua esposa e filhos.

Após umas três horas de viagem, mais ou menos, chegamos à serra de Cáceres e começamos a subir lentamente, pois é uma subida bem acentuada, fomos apreciando lá de cima a paisagem, que por sinal é muito bonita. Depois de uns cinco minutos, chegamos lá no topo da serra e começamos a descer, e o carro tomando velocidade, já que era um declive bem acentuado. Eu dirigia, e sempre muito ligado na estrada, que tem muitas curvas perigosas até chegar novamente na planície, quando a rodovia se torna uma reta até chegar na cidade. Quando descia, pude notar uma pequena marca de frenagem na pista que ia terminar no acostamento, foi quando eu disse: "Léo, eu acho que caiu um carro aqui neste local, veja as marcas de pneus". E ele: "Não caiu, não, Sr. Nilton, não tem nada lá em baixo". Mas eu continuei falando que era quase certeza, pois se a frenagem ia até terminar o acostamento, era provável que sim.

Diminuí a velocidade, parei uns cinquenta metros mais à frente e disse: "Não custa nada dar uma olhada". Voltamos a pé e descemos o aterro, já observando o sinal dos pneus no barranco. Quando olhamos mais à frente entre o tabocal, lá estava o carro, um Ford Scort azul metálico. Ele desceu e ficou preso entre a moita de taboca, e os ocupantes não tinham como sair, já que as portas não abriam, e pelo porta-malas era impossível por causa da bagagem que levavam.

Nos aproximamos e perguntamos: "Tem alguém aí dentro do veículo?". E uma voz de mulher, entre soluços, respondeu: "Sim, por favor, tirem-nos daqui, estamos presos e não conseguimos abrir as portas".

Tentamos abrir por fora, também não conseguimos, pois o carro entrou rente no meio de duas moitas de tabocas, e realmente não tinha como.

A solução foi que peguei com eles a chave do carro, abrimos o porta-malas, tiramos toda a bagagem e colocamos lá em cima no acostamento, dobramos o banco traseiro, e com isso eles conseguiram sair.

O Léo e eu praticamente tivemos que carregá-los morro acima, um senhor de uns 60 anos de idade e sua filha, que nos contaram que vinham do interior de São Paulo com destino a Rondônia e já estavam ali há mais de duas horas, e sempre rezando e pegando com Deus para que aparecesse alguém e os tirasse dali. Aparentemente não tinham quebrado nada, mas estavam com muitas escoriações pelo corpo, rosto e braços.

Já com eles lá em cima, começou a chegar outros veículos, a maioria de curiosos, e também um ônibus que vinha de Cuiabá para Porto Velho, cujo motorista se dispôs a levá-los, nos liberando para seguirmos a nossa jornada.

O senhor e sua filha ficaram tão felizes que não sabiam como agradecer. Eu disse a eles: "Quem tem que agradecer sou eu, pois estou muito feliz por ter conseguido fazer uma boa ação".

Hoje, lembrando dessa história, ainda agradeço a Deus Todo Poderoso por ter se manifestado por meio de mim naquela boa ação.

RIO DAS PEDRAS BRILHANTES

Sentado debaixo da gameleira, olhando para a água do rio e esperando esfriar o corpo e poder pular na água, fiquei ali por longo tempo em estado alfa, completamente desligado. Estudava de manhã no Rocha Lima, terminava as aulas, ia pra casa, almoçava e tirava uma soneca, essa era a minha, a nossa rotina. Nossa cidade em 1965 era muito pacata. Não tinha nada para se fazer, aliás, tinha: ir para a beira do rio tomar banho, um dia na ponte velha, outro dia no poço do Jambreiro, bem abaixo da ponte, e assim o tempo ia passando.

Enquanto esperava, comecei a pensar como seria o mundo cinquenta anos na frente, ou seja, lá pelo ano de 2015.

"Como vai ser o mundo lá na frente? O que vai ter de novidades nos carros, na medicina, nos meios de comunicação? E eu, meus amigos e parentes vamos estar lá?". Foram tantas perguntas que fiz a mim mesmo que me perdi no tempo, e quando me dei conta já havia passado mais de uma hora.

Na água já estavam bem mais de uns 20 meninos tomando banho, alguns colegas, alguns amigos, e outros tantos não conhecidos. Pulei na água também e fui me divertir com eles, mergulhava, trepava na gameleira, saltava lá de cima, fazíamos guerra com pelotas de barros, dividindo a turma em duas, e ficava uma turma de um lado do rio e a outra do outro lado, e toma pelotas de barro. Se alguém quisesse sair mais cedo pra ir para casa, a turma até que deixava ele se lavar e vestir, mas sempre chegava por trás e toma barro. Sem contar as vezes que iam lá no esconderijo de nossas roupas e davam nó bem apertado para que não conseguíssemos vesti-las, e só depois de um prévio acordo que saíam todos pra casa.

Violência, drogas, ninguém sabia o que era isso, não havia discriminação de cor, religião, classe social, nada. Todos se respeitavam, todos se gostavam, e por isso, no dia seguinte, voltávamos para a beira do rio.

Voltando da fazenda de minha família, próximo a Calcilândia, resolvi passar ali pela velha ponte da minha infância, mesmo porque eu acho mais prático, além de ser mais perto e nostálgico. Parei o carro debaixo da velha gameleira e fiquei ali admirando a paisagem, e de repente me recordei da minha infância ali naquele rio, junto dos meus amigos, e vieram na minha mente os pensamentos de cinquenta anos atrás. Eu tinha ali as respostas de minhas perguntas. Que coincidência, havia passado todo aquele tempo, e como tudo estava mudado. Por onde andava aquela turminha que nunca mais vi?

Quanta coisa mudou, perdi para sempre muitos amigos e parentes, havia carros mais modernos, a medicina evoluiu, as comunicações nem se fala, mas as pessoas parece que deixaram de se gostar, perderam a confiança uns nos outros e o mundo ficou violento. Surgiram as drogas, a falta de respeito, a desonestidade e a falta de caráter.

Que pena, naquele dia eu não consegui profetizar tudo o que estava por vir.

PEDRO QUILÚ, O ANDARILHO

Por longos anos seguidos, esta era a rotina do Sr. Pedro, que viajava a pé de Anápolis carregando dois sacos de juta cheios com os seus pertences, passava por Nova Veneza, Inhumas, Itauçú, Itaberaí, e chegava na fazenda do meu pai, próximo a Itaguarí, e sempre no mês de julho, quando por tradição era realizada a Festa do Divino. Seu tempo era cronometrado, e assim foi por longos anos. Terminava o terço, havia fogueira, muitos comes e bebes, minha mãe uma semana antes começava a fazer bolos de todas as espécies: biscoito de queijo, pão de queijo, bolo de trigo, roscas etc. Essa festa já fazia parte do calendário do Pedro, um andarilho de pouca conversa, meio surdo, com os seus cinquenta anos de idade, mais ou menos, ninguém sabia o seu nome completo. Todos o conheciam por Pedro Quilu, apelido que ele detestava, e a molecada adorava chamá-lo por esse nome só pra ver ele xingar: "Filhos da p..." etc.

Depois de semanas hospedado lá em casa, ele juntava os seus pertences e saía de madrugada para completar o seu giro, indo para Itaguari, Jaraguá, São Francisco de Go, e de novo Anápolis, completando a rota, que levava exatamente um ano.

Pedro Quilú não parava, sua rotina não tinha fim, e no ano seguinte estava ele de novo hospedado lá em casa, esperando a festa.

Um certo dia, minha mãe estava fazendo o almoço e resolveu ir onde ele estava dormindo verificar se ele ainda estava lá. Ela o encontrou sentado na cama remendando uma calça.

— Bom dia, Sr. Pedro!

— Bom dia, Dona Maria!

— Sr. Pedro, qual é o sobrenome do Sr.?

— A Sra. pode colocar umas quatro almôndegas com bastante molho e manteiga, não traga a comida seca, não, se não me prende o intestino.

— Não é isso, não, Sr. Pedro, quero saber o seu sobrenome, Pedro do quê?

— Ah... é Pedro Clementino da Silva, mas a Sra. pode me chamar de Pedro Quilú.

— Mas o Sr. não gosta que te chamem por esse nome.

— A Sra. pode, Dona Maria. Eu faço de conta que não gosto para ter a atenção das crianças, pois senão ninguém se importa comigo.

No ano seguinte, o Pedro Quilú não apareceu na festa, e alguns meses depois tivemos a notícia de que ele havia mudado a sua rota. Foi encontrar com Deus.

O TAXISTA

Severino era um nordestino retado, trabalhador responsável, pai de três filhos, todos na escola, e para isso tinha que trabalhar muito para dar conta do recado. Ele trabalhava de taxista e fazia ponto no Aeroporto Santa Genoveva. Não tinha feriados, dia santo, era de domingo a domingo levando passageiros para viajarem ou que chegavam para suas casas.

Um dia ele me contou esta história, que a princípio não levei muito a sério, mas ele me jurou de pés juntos que foi verdade.

Era uma segunda-feira e ele chegou no ponto lá pelas sete horas da manhã, entrou na fila e ficou aguardando a sua vez de pegar um passageiro, e a fila foi andando, outros colegas foram chegando e se posicionando atrás do seu carro, até que chegou a sua vez de pegar o próximo cliente.

E eis que aparece um cidadão todo engravatado carregando uma pasta dessas tipo 007 e se dirige a ele dizendo que havia perdido o voo para Brasília e que precisava estar lá no máximo até o meio-dia, pois tinha que participar de uma reunião, e perguntou quanto ficava aquela corrida. Foi quando o colega que estava atrás ouviu a conversa dos dois, ele que sempre tinha o olho grande e gostava de ficar com os clientes mais importantes, se intrometeu na conversa e disse: "Deixa comigo que eu faço essa corrida para ele, conheço bem Brasília e garanto que no máximo até 11 horas estaremos lá". O Severino, para não entrar em disputa e discutir diante do cliente, se retirou e foi comentar com os demais colegas o que estava acontecendo, e eles disseram: "Deixa pra lá, Severino, não vale a pena brigar por isso, não, tem mal que vem pra bem".

O motorista olho-grande acertou o preço com o cliente, que de imediato se sentou no banco traseiro e eles partiram com tudo rumo à capital federal.

Depois de três horas de viagem, chegaram na Av W3 Sul e o passageiro lhe disse para tocar até a altura da Quadra 709 Sul, parar na porta da agência bancária e esperar pra ele sacar o dinheiro, e disse que ia largar no banco traseiro a sua pasta de documentos e que ele fizesse o favor de cuidar até ele voltar.

Desceu do taxi, espichou os braços e pernas e entrou na agência, e o motorista ficou aguardando.

A maioria das agências bancárias dessa avenida tem entrada pela W3 e pela W2, e foi o que fez o passageiro, entrou de um lado e saiu pela outra rua e se mandou.

Depois de meia hora esperando e não aparecia ninguém, ele desceu, foi até a agência, olhou por todos os lados e não viu o seu passageiro, e já ficou com uma pulga atrás da orelha. Voltou para o carro, sentou meio acabrunhado, olhou para o banco traseiro, viu a pasta e pensou: "Se ele não aparecer para me pagar, vou ficar com ela". Aguardou mais uns 20 minutos e nada. Foi quando ele resolveu abri-la para ver o que tinha dentro, e que susto ele levou; dentro só tinha um bilhete escrito: "Você foi muito legal, OBRIGADO PELA CARONA".

Ô VIDA MAIS OU MENOS

Para sobreviver, trabalhar é preciso, mas nunca foi fácil, e se fosse também não tinha graça.

Supervisor de seguros de um grande banco privado, e morando em Brasília, eu tinha que visitar as quatro agências do Plano Piloto diariamente e não tinha como programar visitas, era mais conforme a necessidade de cada agência.

Era uma segunda-feira já no final de mês, levantei-me cedo, tomei um banho, vesti minha farda de trabalho, pois para mim ter que vestir terno todos os dias era um castigo, era como se realmente fosse uma farda.

Desci, fui até a cozinha, tomei um café reforçado e fui pegar o carro no estacionamento na porta de casa. Como todos os carros dormiam na rua por falta de garagem, às vezes, ou quase sempre, o carro de alguém era visitado à noite pelos amigos do alheio. Naquela noite, eu tinha sido o sorteado. Arrebentaram a boca do tanque e tiraram todo o combustível que existia e me deixaram na mão. Que sufoco, sem gasolina, sem dinheiro, pois naquela época sempre sobrava muitos dias do mês no meu salário, isso sem contar que lá em Brasília tudo é longe, posto de gasolina mais perto de onde eu morava ficava a várias quadras de distância. A solução foi pegar o ônibus, já que naquele dia minha primeira visita seria à agência da 511 da W3 Sul.

Assim que entrei no ônibus na altura da 504 Sul e rodamos uns 100 metros, uma senhora foi abrir sua bolsa para pegar alguma coisa, deu falta da sua carteira, e aprontou aquele maior escândalo, dizendo que haviam roubado sua carteira.

O motorista encostou o ônibus e parou para ver o que tinha acontecido, e ela aos gritos: "Roubaram minha carteira!". Foi quando ele perguntou: "A senhora viu quem foi?", e ela, mais que depressa, apontou para mim, dizendo: "Foi ele aqui, eu vi". Que calúnia! E eu perguntei: "Mas minha senhora, eu?". E ela: "Sim, você mesmo, eu conheço esse tipo de gente, se veste de doutor para roubar as pessoas dentro dos coletivos". Não adiantou me defender, ela não aceitava e dizia que se não estava comigo é porque eu tinha passado para outro comparsa.

Que raiva que eu fiquei naquele momento, e a vergonha, todos olhando pra mim, como querendo dizer "Quem diria!".

Nesse momento o motorista disse: "Deixa comigo, vamos todos para a delegacia". E tocou para a Quadra 709 Sul, a delegacia mais próxima. Sentei-me, pus as duas mãos na cabeça e fui falando comigo mesmo: "Que dia, que sofrimento, ninguém merece passar por isto".

Chegando na delegacia, logo o policial de plantão foi perguntando ao motorista o que havia acontecido dessa vez. E o motorista disse: "Mais uma denúncia de roubo de carteira, esta senhora está acusando este rapaz aqui", e apontou para mim.

E o policial disse: "Desce os dois, os demais ficam dentro do ônibus até segunda ordem, e documentos na mão".

Olhou para mim: "E então? O que tem a dizer?". E eu disse: "Tenente, aqui estão os meus documentos, sou funcionário do banco tal, jamais iria fazer uma coisa dessa, pode revistar todos os meus bolsos". Mas a histérica da mulher não admitia, dizendo que eu havia passado a carteira para outro comparsa. Que ódio, parece que tudo estava tramando contra mim naquele dia. Aí eu disse:

"Essa maluca deve ter deixado a carteira dela em casa e fica aí acusando as pessoas sem provas".

Nisso o Tenente pergunta a ela: "Onde a senhora mora?". "Na 705 Norte".

E o tenente chama o soldado e diz: "Toma conta deste ônibus até eu voltar, não desce ninguém". Virou pra nós e "Entrem na viatura".

Que vergonha, olhei para todos os lados tentando ver alguém conhecido, mas felizmente parece que não tinha.

Chegando na casa da dita cuja, ela desceu na frente mais o tenente e o motorista que tinha ido como testemunha, e logo atrás eu. Abriu a porta, foi direto no quarto, e lá estava a carteira dela em cima da cama. Que raiva que me deu daquela mulher, mas pelo menos eu não tinha culpa.

Saí na frente deles e vi em cima da televisão um pequeno despertador, desses quadrados e pequenos, e como ninguém viu, apanhei e coloquei no bolso para descontar o vexame.

Mais uma vez a sorte não estava do meu lado, assim que cheguei na porta de saída, a porcaria do despertador disparou e que sufoco!... Eu acordei e não posso contar o resto da história.

O TELEVISOR

Seu Joaquim era homem bom, honesto, trabalhador, sempre preocupado em ajudar as pessoas, e por isso era muito querido por todos.

Certo dia ele saiu do pequeno sítio onde morava para ir a Goiânia visitar um amigo que estava internado há mais de uma semana num hospital de Campinas-GO, o qual ficou muito feliz com a sua presença.

Depois da visita, Joaquim foi para a Rodoviária de Capinas, pois era onde ele tomava o ônibus de volta para a sua cidade. Comprou a passagem e ficou esperando no box que seu ônibus encostasse, ele sairia às cinco da tarde e já passava das quatro e meia.

Naquela época havia uns televisores que ficavam pendurados no teto da rodoviária ligados na programação da TV local, e com a publicidade da loja de móveis na caixa suporte. Joaquim encostou na parede e ficou ali admirado vendo a programação da TV. Um mala, percebendo o interesse do matuto pela televisão, se aproximou: "Boa tarde!", no que ele respondeu. "Tá gostando da televisão?". "Sim, é muito interessante, colorido, eu já tinha visto, mas era preto e branco". E o malandro continuou: "Como o senhor, senhor, senhor...". "Joaquim". "Pois é, Sr. Joaquim, como o Sr. está vendo, esses televisores são de última geração, e a loja colocou eles aqui para fazer uma promoção, pro Sr. ter uma ideia, na loja o preço de um modelo deste é de Cr$ 500,00, e aqui na promoção eles saem por Cr$ 300,00 cada. Está barato, não está, Seu Joaquim?". "É, realmente está muito barato, quase a metade.". "Então, eu faço melhor, pro Sr. levar dois, eu faço pelo preço de um lá na loja, ou seja: os dois por Cr$ 500,00".

Joaquim pensou, pensou e disse: "É, tá barato mesmo, acho que vou levar dois, um pra mim e o outro eu cedo pro meu vizinho e compadre, que anda querendo comprar uma televisão mais moderna". Tirou o dinheiro do bolso, contou, recontou e entregou para o "mala", que aguardava calmamente, pegou o dinheiro e pôs no bolso, e o seu Joaquim ainda perguntou: "Você não vai conferir?". E o mala: "Não precisa, o Sr. já contou, e eu confio no senhor". E disse ainda: "Pode aguardar aqui que vou pegar a escada para tirar os televisores". O coitado do Joaquim ficou ali aguardando.

De repente o ônibus encostou, os passageiros foram entrando e se sentando, e o Joaquim esperando, esperando, e nada do vendedor com a tal escada. O motorista, já impaciente, começou a buzinar, pois já estava atrasado, foi quando o Joaquim pediu mais alguns minutos e foi até a farmácia no mesmo prédio da rodoviária, voltou com um escadote e começou a tirar os televisores. O guarda da rodoviária quis saber o que ele estava fazendo.

E o Joaquim disse: "O rapaz dessa loja aí da propaganda me vendeu dois televisores, eu paguei, e ele disse que ia buscar a escada e sumiu e eu estou com pressa, pois o motorista do ônibus já está nervoso de tanto esperar".

Percebendo a simplicidade do homem, o guarda foi lhe explicar que ele tinha caído no conto do vigário, que aqueles televisores não eram da loja, e sim da rodoviária.

Coitado do seu Joaquim, ele que sempre fora tão honesto e cumpridor dos seus deveres havia sido enganado.

O jeito foi entrar no ônibus cabisbaixo e muito triste com o acontecido.

ZÉ, O HERÓI

O Zé nunca havia ido a um espetáculo circense, morava na roça e raramente ia à cidade, e quando ia era para comprar alguma coisa que não produzia por lá, tal como querosene para a lamparina e o sal para temperar a comidinha do dia a dia. Como de costume, sua esposa, Maria, chega pra ele e diz: "Oh, Zé, ocê podia ir na cidade amanhã fazer umas comprinhas aqui pra casa, precisa trazer sal, querosene, que já está acabando, e aproveita e passa lá na farmácia do Fioquinho, traz uns lombrigueiros pras crianças". E o Zé disse: "Tá certo, Maria, amanhã eu vou, só que vou pousar lá e só volto depois de amanhã, pois quero ver o meu compadre Ademar que há muito tempo não vejo".

No dia seguinte, partiu bem cedinho e marchou a pé pra cidade, e chegando lá por volta das dez horas, fez as compras e depois foi pra casa do seu compadre fazer a tal visita e filar o almoço. Lá ele ficou sabendo que estava na cidade um circo enorme que tinha até leão e que era muito bom o espetáculo, com os trapezistas, os palhaços e o show com as feras. Entusiasmado o Zé pensou: "Eu vou assistir a esse tal de circo, pois eu nunca vi, e a Maria não está aqui mesmo pra me impedir, e quando chegar lá em casa eu conto pra ela que fui e aí já fui mesmo, ela não vai poder fazer nada".

Dito e feito, às sete horas da noite ele foi lá para a porta do circo, ficou por ali assuntando, perguntou quanto pagava para entrar, criou coragem, comprou o bilhete e entrou. Escolheu um lugar no lado esquerdo, subiu os degraus de tábua e sentou lá em cima na antepenúltima fila.

O show começou às oito horas da noite e o circo ficou lotado, terminava uma atração e em seguida vinha outra, e assim foi até o esperado domador de leões, quando o apresentador pegou o microfone e disse: "Respeitável público, agora com vocês o grande domador, conhecido em todo o mundo, e o maior felino visto por estas bandas". O Zé não sabia bem o que era felino, mas ficou atento, e o locutor continuou: "Que rufem os tambores e que abram a jaula da fera". E o grande leão apareceu dando os seus urros, que pareciam um trovão, e andando em círculo dentro do cercado de grades no picadeiro. E o Zé, como os demais, também gostou, mas ficou meio apreensivo, e eis que apareceu o domador, que mais parecia uma borboleta querendo sair do casulo, e começou a chicotear o leão, que ia para um lado, voltava para outro, e o chicote estalando, subia numa mesa, passava dentro de um arco, e o chicote estalando. O Zé nem piscava, pois jamais vira um espetáculo daquele. E o chicote estalando, e o leão pra lá e pra cá, até que ele deu um urro de arrepiar, avançou na grade e arrebentou tudo e saiu correndo pelo meio do circo, e o povo se evadiu de uma vez do recinto, foi quando o Zé percebeu que não podia se levantar para ir embora, pois sua calça estava rasgada entre as pernas, e como ele não usava cueca, seu documento desceu e ficou preso entre as tábuas, e para que ele conseguisse sair precisava que todos sentassem novamente para liberar o Zé, que apavorado gritava: "Senta, gente, o leão é mansinho, senta gente, por favor". O leão queria mais era fugir para bem longe, e o público se evaporou, não ficando ninguém.

No dia seguinte, estampado na primeira página do jornal *Correio Popular*, a foto do Zé sentado sozinho na arquibancada do circo, com o título abaixo: O HERÓI DO CIRCO.

CHEGADAS E PARTIDAS

    Outro dia fui até ao Aeroporto Santa Genoveva, em Goiânia, buscar uma pessoa que estava chegando de viagem, e como o voo estava atrasado, fiquei ali um bom tempo sentado e observando o movimento de quem chegava e de quem partia. Pude ver estampada no rosto das pessoas que aguardavam por alguém a alegria da chegada, com muitos abraços, risos, curiosidades, dizendo da saudade, ou a preocupação com a viagem daquele ser querido.

    Pude ver também a preocupação dos que acompanhavam a partida de alguém, dizendo: "Você devia ficar mais tempo, nós vamos sentir muito a sua falta, já estamos com saudades, veja se manda notícias". E não pude deixar de fazer uma comparação com a vida de todos nós aqui na Terra.

    Quando aqui chegamos é aquela festa, quanta alegria, quantas pessoas esperando por nós. Mas a nossa partida quase sempre é inesperada, não dá nem tempo de avisar os amigos, e mesmo assim algumas pessoas vão se despedir de quem parte sempre com os olhos cheios de lágrimas, e com uma grande dor no coração.

    A única certeza que temos é que do outro lado também há bastante gente esperando por nós, e que essa viagem todos nós faremos um dia.

    Por isso junto-me ao coro dos demais e digo: "Vá com Deus, José Rico, vá com Deus, Inezita Barroso, já estamos com saudades".

O BÊBADO

Outro dia um amigo me convidou para ir com ele até as cidades de Cromínia e Mairipotaba-GO para buscar alguns cheques de vendas efetuadas naquelas praças. Ele era um representante comercial, e como eu estava mesmo sem ter o que fazer, aceitei o seu convite. Saímos de Goiânia por volta das seis horas da manhã para ganharmos tempo, pois ele tinha que visitar as duas cidades e ainda voltar a tempo de fazer alguns depósitos na sua conta bancária.

Chegando em Professor Jamil, na BR-153, onde pegaríamos a rodovia para Cromínia, resolvemos parar em uma lanchonete e tomar um café reforçado, pois não daria nem tempo de almoçar mais tarde.

Quando adentramos naquele estabelecimento, havia ali um cidadão que àquelas horas já estava pra lá de Bagdá de tão bêbado, e azucrinando a todos que estavam no local. O proprietário tentou por várias vezes tirá-lo do recinto, mas sem êxito, e ele sempre dizendo que ninguém encostasse a mão nele, porque ele era uma "otoridade" e fez questão de dizer isso várias vezes. Nesse momento, o meu amigo resolveu perguntar que autoridade era ele. E ele respondeu mastigando as palavras: "Eu sô otoridade, sim, minha irmã é prostituta do soldado Oliveira".

Diante da justificativa dele, tomamos o nosso café e partimos na nossa missão, deixando a "otoridade" no local atazanando os demais fregueses.

COMO FAZER UM BOM NEGÓCIO

Cabra safado, metido a conquistador, mulherengo e não muito chegado ao trabalho, vivia de agiotagem e pequenas corretagens, assim era a vida do Pereira. Certa vez, passando pela rua em que morava seu compadre, percebeu que ele não estava e resolveu fazer uma visita já com segundas intenções.

Toc, toc, "Ô de casa... Oi, compadre está em casa?", no que a comadre escuta, sai lá fora e: "Oi, compadre Pereira, bom dia, como está o Sr.? E a comadre, e as crianças?". "Estão bem! E o compadre não está?". "Ah... ele foi pra fazenda vacinar o gado e talvez só volta no sábado".

— Eu estava passando pela rua e resolvi vir aqui para vê-lo, mas já que ele não está volto outra hora.

— Entra um pouquinho, compadre, pra que tanta pressa?

Era tudo que o safado queria. Entrou e ficou todo à vontade sentado em uma cadeira na sala de visita jogando conversa fora, aliás, não se aproveitava nada, até que criou coragem e começou a tecer elogios à comadre, que, percebendo a sua intenção, resolveu lhe dar corda.

Já mais seguro de si, e achando que já tinha ganhado a parada, resolveu dar a cartada final. A comadre, fingindo estar caindo no papo dele, aceitou e marcou com ele pra voltar na semana seguinte.

— Faz o seguinte, compadre, o senhor vem na segunda-feira, que meu marido vai estar viajando e eu vou me preparar pro senhor.

O Pereira saiu feliz da vida, pensando:

— Essa já está no papo.

Na segunda-feira, a comadre disse pro seu marido: "Hoje você não vai pra fazenda, fique aqui que eu preciso de você", mas não disse do que se tratava, no que ele concordou, mesmo porque tinha que ver algumas coisas no comércio e nos bancos.

Lá pelas três horas da tarde, como haviam combinados, Pereira chegou à casa do compadre, todo arrumadinho, penteado e espalhando perfume barato. Chegou de mansinho e, antes de bater na porta, deu uma checada em todas as direções, verificando se não havia ninguém por perto.

Depois de ter tomado todas as precauções, bateu devagar na porta e se afastou, esperando ser recebido, e quem aparece?

O seu compadre, que lhe diz: "Que surpresa, compadre Pereira, o senhor por aqui, que bons ventos o traz?". E o dito cujo ficou muito assustado com a presença de seu compadre, porque para ele não havia possibilidade de encontrá-lo ali naquele dia.

Visivelmente nervoso e gaguejando, disse com uma voz que quase não saiu: "Pois, pois é, compadre, eu estava passando por aqui e resolvi lhe fazer uma visita".

— Então entra, compadre, vamos conversar, tomar um cafezinho, faz tanto tempo que o senhor não aparece por aqui em casa". Ele, meio nervoso, entrou e sentou ali num banco de madeira que havia logo na entrada e ficou meio sem assunto e sem saber como sair daquela enrascada. Quando de repente apareceu ali entre eles a sua comadre, que lhe cumprimentou e perguntou por todos. Depois de alguns minutos ali junto deles e observando embaixo do banco uma cadela de rua que havia aparecido por lá alguns dias atrás, disse olhando diretamente para o infeliz: "Oh, bem, o compadre esteve aqui semana passada e me fez uma proposta, e eu disse que ia te consultar primeiro". A essas alturas o homem já desejava estar morto de tanto apuro. E o marido, já curioso, disse pra mulher: "Pois então fala, desembucha", e ela fez aquele suspense:

"Sabe o que é? O compadre esteve aqui e fez uma proposta de R$ 500,00 nessa cadelinha que apareceu aqui em casa".

Que alívio para o Pereira, que mais que depressa meteu a mão no bolso e disse: "E é no dinheiro, compadre, é no dinheiro".

Diante dessa oferta, o compadre não pensou duas vezes, disse pra sua mulher: "Já que ele faz tanta questão, traga a corda pra que ele possa levá-la". E sua esposa, feliz da vida e mais que depressa, trouxe a corda, amarraram a cadelinha, entregaram para o Pereira, que pagou e se mandou puxando a sua aquisição rua acima, saindo até mesmo sem se despedir.

A FÉ REMOVE MONTANHAS

Conta-se que nos tempos do Brasil colonial, quando o meio de transporte era o cavalo, um senhor que já estava fora de casa há muitos meses cavalgando pelo sertão, já muito cansado, parou em uma sede de fazenda à beira da estrada e pediu pouso.

O fazendeiro, no entanto, lhe disse: "Sinto muito, meu senhor, mas não posso lhe dar pouso, pois minha esposa está passando mal pra ganhar neném e não está nada bem, a menos que o senhor não se importe de dormir no paiol".

O viajante, mais que depressa, respondeu: "Claro que não, só quero descansar, e amanhã bem cedo vou continuar a minha viagem".

Tarde da noite, a esposa do fazendeiro já estava quase nas últimas, sem conseguir dar à luz. A parteira disse ao marido: "Já não sei mais o que fazer, vá até o senhor que está lá no paiol e veja se ele pode ajudar".

O fazendeiro correu até o paiol e contou para o viajante o drama da família, e pediu ajuda.

— Sim, vou ajudá-lo, o senhor me traga uma agulha, linha, um pedaço de tecido, papel e lápis".

De posse do material, o viajante escreveu num pedaço de papel, dobrou bem dobradinho e com o tecido fez um patuazinho, costurou bem e com o resto da linha fez um cordão e pediu que ele levasse e pusesse no pescoço da esposa, mas antes advertiu-o: "Esse patuá jamais pode ser aberto, muito menos se pode ler o que estava escrito nele". "Tá certo", disse o fazendeiro, que correu até a esposa levando a SIMPATIA.

Quinze minutos depois a criança nasceu, e daí até amanhecer foi só festa.

Ao longo dos anos esse PATUÁ rodou de mão em mão, toda mulher que ia ganhar neném mandava buscar o dito cujo, e era feliz no parto. Acontece que depois de muito tempo de uso, totalmente preto de sujeira, e resolveram lavar o tecido, e como a curiosidade era muito grande, abriram o papel para ver o que estava escrito.

Que decepção, o viajante havia escrito: "Passando bem eu e meu cavalo, o resto é que se dane".

MEU PAI, MEU HERÓI

Meu pai foi um homem digno e honrado, amigo de todas as pessoas e querido por todos, sempre alegre e brincalhão, na casa em que morou na praça Balduino da S. Caldas, onde hoje é a papelaria do Raul, ele passava as tardes sentado em uma cadeira espreguiçadeira e era cumprimentado por todos que passavam por ali, e quando alguém parava para conversar, logo ele dizia para um dos filhos: "Traga uma cadeira aqui pro fulano", e a prosa começava.

Tenho muitas lembranças maravilhosas do meu pai, do tempo em que juntos passamos, dos conselhos, dos puxões de orelha que a gente levava quando merecia, e principalmente das histórias que ele contava.

Me lembro de uma história que ele contava sempre, e pela clareza da narrativa eu acredito que era realmente verdade, tanto que todas as vezes que ele ia contar essa história, eu ficava por perto pra ver se ele repetia sempre a mesma narrativa, e por incrível que pareça, repetia até as vírgulas.

Esse fato aconteceu por volta de 1935, ele com aproximadamente catorze, quinze anos de idade, havia perdido seu pai quando tinha dez anos e pouco tempo depois perdeu também sua mãe; órfão, teve que ir à luta muito cedo pra ajudar a criar os irmãos menores, que não eram poucos.

Nesse período foi morar com um dos tios, e às vezes na casa do seu cunhado Alexandre, e foi numa dessas visitas à sua irmã que se deu esse fato.

Na região da fazenda que moravam ainda tudo era mato, saíram da casa de seu cunhado e foram buscar uns porcos na fazenda do Sr. João da Silva, que ficava retirado a uns cinco km, mais ou menos, só que tinha que atravessar a mata muito fechada, cortada por uma estrada de carro de boi. Ele foi a pé para voltar tocando os porcos, e seu cunhado Alexandre a cavalo.

Chegando lá, o proprietário não estava, mas como já haviam combinado, pegaram os três marrões e voltaram, cada um amarrado em uma corda, e lá vai meu pai tocando os ditos porcos. Mas antes de entrarem novamente na mata, encontram com o Sr. João da Silva, que estava chegando, e aí o Alexandre disse pro meu pai: "Otávio, vá tocando estes

porcos enquanto eu converso com o Sr. João e já te alcanço", e ele continuou, mas meio receoso de alguma coisa, e parece que o papo dos dois cavaleiros estava bom e esqueceram da hora, e com isso meu pai entrou sozinho na mata.

O seu tio Serafim tinha um carro de boi já meio corroído pelo tempo e andava perdendo os fueiros (aquelas varas fincadas nas laterais para segurar a esteira), e o meu pai começou a juntá-los, conseguiu uns quatro pedaços dessas varas, e continuou entrando na mata, e de repente levou um susto com a arrancada que os porcos deram escapando de suas mãos, e sumiram no meio da mata, no que ele olha para frente vê uma enorme onça-preta se preparando para dar o bote.

Sem saber o que fazer, ele foi se afastando devagarinho, a dita cuja se levantou e veio andando pro lado dele, quando ele começou a jogar os fueiros nela, e ela foi se esguiando, até que só restava um, e foi quando ele jogou com toda a força e acertou a mão dela, que deu um salto em cima do barranco e ficou olhando pra ele, às vezes fechava o semblante e às vezes fazia aquele semblante mais lindo, e meu pai foi se afastando até tomar uma boa distância e entrou na mata e foi sair na estrada muito na frente, e quando se sentiu livre da felina, correu tanto que podia jogar baralho na sua camisa, e foi alcançar os três leitões já chegando lá no destino.

Quando seu cunhado lembrou do meu pai, já havia passado um bom tempo, se despediu e foi quase a galope para alcançá-lo. Quando chegou mais ou menos no local, seu cavalo não quis avançar de jeito nenhum, teve que desviar pelo meio da mata também, confirmando a história do meu pai.

Esse foi o meu pai, Otávio Rodrigues de Oliveira ou Otávio Procópio, como era conhecido, o meu herói.

NELSON DA MIGUELINA E A ASSOMBRAÇÃO

    Nelson era um jovem rapaz dos seus dezessete, dezoito anos, sendo o mais velho de quatro irmãos, sua mãe era viúva e muito desejada por todos os homens da região, e sempre que fazia os tais bailes de roça, que eram a única diversão daquela redondeza, sua casa estava cheia de visitas de rapazes por causa das moças.

    Voltando ao Nelson, esse jovem tinha um cavalo preto muito bonito e inquieto, no qual ele rodava toda a região onde tinha moças, desde que fosse durante o dia, pois morria de medo de andar à noite; como lá em casa havia duas moças bonitas, minhas irmãs, que ainda são, ele não saía de lá.

    Certa vez, eu e meu irmão mais velho combinamos de dar um susto no Nelson, preparamos uma caveira feita de cabeça, pusemos uma vela dentro e ficamos esperando a próxima visita dele, que se deu no sábado seguinte.

    Quando ele chegou lá em casa, meu pai, que gostava também muito do mal feito, e eu enrolamos ele de proza o máximo que pudemos até ficar de noite, pois nosso plano para dar certo tinha que estar escuro. Enquanto isso meu irmão e um rapaz que era peão da fazenda saíram às escondidas e foram lá para a porteira da saída colocar a tal caveira, e aguardavam o sinal para colocarem fogo na vela e se esconder. Naquela época eu tocava corneta na fanfarra da cidade e tinha levado o tal instrumento comigo na fazenda para ensaiar, e o sinal era exatamente o toque da dita cuja.

    E assim foi feito, o Nelson despediu-se de todos, montou no seu tordilho negro e saiu em disparada rumo à porteira de saída da fazenda, que ficava mais ou menos a um km, e quando ele se deparou com aquele monstro em cima do mourão da porteira soltando fogo pelos olhos e pela boca, deu meia volta e voltou com tudo, chegando lá onde nós estávamos, mal conseguia falar, e meu pai perguntava: "O que foi, Nelson?". "O mon, mon, o monstro, vamos lá para vocês verem", e fomos com ele, e ele apavorado, e meu pai tentando acalmá-lo. Mas como já estava combinado, assim que ele voltasse era pro meu irmão mais o companheiro tirarem de lá a tal caveira, e quando chegamos no local não havia nada, ficou como se realmente tivesse uma assombração lá naquela porteira, e ninguém nunca contou a verdade para ele.

    Pelo que ficamos sabendo da vida dele, nunca mais saiu à noite.

ISMAR, O MEDROSO

Ah! O Ismar, não sei se realmente era o nome daquele rapaz, mas todos o chamavam por esse nome. Um rapaz jovem, devia ter seus vinte e poucos anos, mas muito engraçado, usava um chapéu todo enfeitado de fitas coloridas, suas calças tinham uma fita pregada do cós até a barra, dessas fitas que vendiam antigamente para enfeitar caixões.

Muito boa gente ele, humilde, trabalhador, morava com um vizinho de fazenda do meu pai, e todo sábado ele aparecia lá em casa de olho nas minhas irmãs.

Muito medroso, não andava à noite de jeito nenhum, e se tivesse que sair à noite por algum motivo, andava sempre a cantar bem alto para espantar o medo. Certa vez ele ficou lá em casa até lá pelas seis da tarde, estava gostando do papo, e quando se deu conta da hora saiu quase sem se despedir de todos. Da casa do meu pai até a casa do patrão dele dava mais ou menos uns cinco km, só que tinha que passar por um capão de mato, e por falta de sorte dele, foi atravessar aquele capão de mato já meio escuro, e lá vai naquela cantoria para conseguir atravessar o ponto crítico da sua viagem.

Mas naquele momento estavam vindo da roça dois peões do meu pai, o Baldoino e o Natal, cada um com um saco vazio de juta nas costas, e escutando aquela cantoria, disseram: "É o Ismar, vamos passar um susto nele?", e o outro respondeu: "Vamos". Vestiram o saco na cabeça e ficaram agachados à beira da estrada, esperando para dar o bote, assim que ele se aproximou, os dois saltaram de uma vez à frente dele, e não deu outra, caiu desmaiado no meio da estrada. Mais que depressa, tiraram os sacos da cabeça e começaram a chacoalhar o rapaz: "Ismar, Ismar, acorda, somos nós, o Baldoino e o Natal, acorda, Ismar". De repente ele levanta a cabeça e diz: "Vocês quase me mataram de susto, olha só, molhei a calça toda". E assim terminou a história do Ismar, e ninguém mais soube notícias dele, acertou com o seu patrão e sumiu por este mundão de meu Deus.

O CORTADOR DE CANA

Casado, quatro filhos pequenos e uma esposa para sustentar, a sua única fonte de renda era tirada com o esforço dos seus braços e seu suor, para isso Vicente tinha que ficar fora de casa até por um mês a fio e sem ver a família, pois a safra de cana é para poucos meses e ele tinha que fazer o máximo para guardar uma reserva.

Depois de mais de trinta dias fora de casa, e com saudade da família, ele voltou para matar a saudade. Vicente morava numa casinha simples de pau a pique sem reboco numa esquina de um bairro afastado e com a rua em declive acentuado.

Chegando em casa, não havia ninguém esperando por ele, pois não avisara que ia chegar naquele fim de semana, e como estava muito cansado e precisando de um bom banho, e como estava mesmo sozinho, resolveu colocar a bacia ali mesmo na cozinha, preparou uma água morna, encheu a bacia, tirou a roupa e ficou ali por um bom tempo apreciando a liberdade de tomar o seu banho bem à vontade.

Mas as coisas nem sempre acontecem como a gente quer, um motorista irresponsável estacionou seu caminhão lá no início da rua e esqueceu de engatar a marcha e travar o freio. Esse veículo começou a se mover, e foi ganhando velocidade até chegar no final da rua, e acertou em cheio a humilde casa do Vicente. A pancada foi tão forte que jogou para frente toda a casa. Com o barulho que fez, a vizinhança correu até o local para ver o que tinha acontecido, quando encontraram o Vicente nu dentro de uma bacia, ileso, sem um arranhão e sem entender o que tinha acontecido.

Eu não vi, não tirei foto, por isso não posso afirmar que foi verdade, mas que foi engraçado, foi.

MONOTONIA

Era um domingo de um mês qualquer de 1976, havia acabado de almoçar, e como a vida era muito monótona, tal e qual a nossa cidade naquela época, resolvi pegar o carro e dar umas voltinhas na praça para ver se via alguma pessoa. Mas antes passei na casa de um amigo para apanhá-lo, e juntos começamos a rodar a praça central da cidade, não se via uma viva alma. Depois de muito tempo que nós estávamos naquele vai e vem, apareceu um outro carro, um Corcel I com três garotas lindas, e começaram a nos seguir, era aquela monotonia, subia e descia, até que elas começaram a nos provocar para correr, vinham em alta velocidade e nos fechavam, e foi assim por muitas voltas.

Naquela época eu tinha um fuscão vermelho ano 73 todo incrementado, rebaixado, rodas de magnésio, na época era O CARRO, e acabei aceitando a provocação, começamos a correr atrás delas, a gente subia e descia, e naquele momento já havia como espectadores um casal de namorados que estava sentado debaixo do único semáforo que havia na cidade, que funcionava mais como uma diversão para os jovens casais da época, pois carros na cidade podiam ser contados nos dedos. Depois de muitas voltas e sem entender como aconteceu, batemos os carros, a menina que estava no volante do Corcel perdeu o controle da direção e foi se chocar exatamente no semáforo em que o casalzinho trocava juras de amor, e assustados, saíram correndo em sentidos opostos no salve-se quem puder.

Como não houve vítimas, e a motorista não era habilitada, tiramos nossos carros do local e fomos para a casa deixando uma meia dúzia de curiosos no local sem saber o que realmente havia ocorrido. Para mim e meu amigo, que hoje é meu compadre, ficou a lição.

O AJUDANTE DE LEITEIRO

Zé Miguel é um desses rapazinhos que sempre teve muita vontade de vencer na vida, por isso resolveu mudar para a cidade e continuar os estudos, pois na roça a escolinha em que estudava era muito limitada, com uns vinte alunos na classe e tudo misturado, alunos do primeiro ano, segundo ano e até do pré-escolar.

Pois bem, e assim ele fez. Chegando na cidade, arrumou um lugar pra ficar, se matriculou numa escola estadual no período da noite e começou a procurar um trabalho, pois para continuar precisava ganhar um dinheirinho para se manter.

Depois de muito procurar, achou um trabalho de ajudante de leiteiro, que são essas pessoas que levantam de madrugada e vão de fazenda em fazenda, de domingo a domingo, recolhendo a produção de leite.

Depois de muito tempo de serviço, já bem treinado na sua função, foi ganhando a confiança do patrão, que aos poucos foi lhe ensinando a dirigir o velho caminhão Ford F-350, e aquilo pra ele era tudo, aprender a dirigir.

Certo dia o seu patrão, por problemas de saúde, não pôde ir buscar a produção de leite e tentava arrumar outro motorista para ir com ele, mas não conseguia, o Zé Miguel se ofereceu pra ir sozinho, e garantiu ao patrão que tudo ia dar certo, e sem outra opção, seu patrão concordou, mas antes o advertiu para ter muito cuidado, uma vez que o caminhão estava sem freio. E lá foi o rapaz, todo feliz dirigindo aquela coisa, e tudo ia muito bem, até que já na metade da viagem ele foi pegar o leite de um fazendeiro que morava na beira do córrego, e da porteira de entrada da fazenda até o curral era uma decida que dava quase um km.

Parou na porteira e como já estava cansado, desceu e foi abrir a porteira e deixou que o caminhão passasse sozinho e pensou: "Assim que ele acabar de passar eu fecho a porteira, corro e entro na cabine e continuo". Só que deu errado, ele não conseguiu entrar, e o caminhão pegou velocidade, e ele correu atrás apavorado e pedindo a Deus e aos Santos que o ajudassem, pois se aquele caminhão chegasse lá em baixo ia ser uma tragédia. Por sorte dele, o veículo ataiou onde havia uma curva na estrada, entrou no meio do pasto e foi achar uma pequena árvore de feijão cru muito resistente, com o impacto essa árvore envergou e conseguiu parar o caminhão já quase escapando para continuar a trajetória. Mas assim que terminou aquela confusão, a árvore foi levantando aos poucos e aos poucos foi subindo o caminhão, que ficou praticamente em cima da árvore.

Coitado do rapaz, o jeito foi mandar chamar o patrão para tirá-lo daquela enrascada...

ELEIÇÕES

De quatro em quatro anos é a oportunidade que nós temos para escolher democraticamente um novo administrador para o município, para o governo, para o legislativo, e até mesmo para presidir o nosso país. Nem sempre é uma tarefa fácil, e às vezes nem democrática, com disputas muito acirradas, fervorosas, com difamações dos adversários, mas no final tudo termina bem.

Me lembro que por volta de 1968, mais ou menos, eu com os meus dezessete, dezoito anos, trabalhava em uma panificadora que havia na praça da matriz, para ganhar os meus trocados e continuar nos estudos, pois tive que me matricular no Colégio Coração Imaculado de Maria para fazer o ginásio, sendo essa a única escola de segundo grau naquela época, e a mensalidade pra mim era muito cara. Eu chegava na panificadora por volta da meia-noite e ajudava o Onofrinho, "o padeiro", a fazer os pães até as seis horas da manhã, e depois ia fazer entrega de pães no comércio da cidade. Enchia uma cesta com mais ou menos duzentos pães, punha em uma bicicleta cargueira e subia empurrando ela até conseguir montar e pedalar, pois era muito pesada, e segurando para que ela não levantasse a traseira.

Chegando ali em frente à Casa Bessa, havia um grupo de pessoas discutindo política, um dizia: "Fulano é melhor e ele é que vai ganhar essas eleições para governar esta cidade", e o outro discordava: "Não, de jeito nenhum, quem vai ganhar essa somos nós, para o bem deste município". E a coisa foi esquentando, esquentando, e a turma do deixa disso tentando acalmá-los, mas em vão, e de repente um dos envolvidos na confusão saca uma arma e dá um tiro para cima, e foi aquele silêncio, a turma do deixa disso foi a primeira a se evadir do local, e em seguida os dois envolvidos na confusão.

Eu, que passava exatamente no local naquele momento, fui correr empurrando a bicicleta, ela levantou a traseira e despejou todos os pães no chão, larguei tudo lá e corri também. Depois de alguns minutos, voltei de mansinho e percebi que não havia ninguém no local, mesmo porque ainda não eram nem sete horas da manhã. Escorei a bicicleta, coloquei a cesta de novo, amarrei e fui limpando os pães um a um, pois naquela época não havia asfalto na cidade e era uma poeira só. Depois de limpar toda a mercadoria, continuei o meu giro de entrega que ia até ao último armazém da cidade na saída para Goiânia.

Quando voltei, passando ali pelo Estudante Bar, que ficava na esquina em frente à atual Prefeitura, estavam lá os dois indivíduos numa boa, conversando e tomando uma cervejinha.

Isso é a democracia, viva a democracia!

A VIAGEM

Cansado da rotina do dia a dia e estressado, resolvi dar um passeio, ver coisas novas, rever amigos que há muito eu não via, parti quase que sem destino, saí sem me despedir de ninguém e muito menos dizer pra onde ia.

Depois de vários dias fora de casa, de ter conhecido muitos lugares diferentes, de conhecer pessoas que jamais imaginei que um dia conheceria, foi prazeroso saber o quanto é grande e bonito o nosso país. Mas toda viagem, por mais prazerosa que seja, é muito cansativa. Cheguei em casa por volta das dez horas da noite, tomei um banho rapidinho e caí na cama, confesso que por trinta minutos foi um sono profundo, até que minha companheira de muito tempo começou a me incomodar, passava por cima de mim, me cutucava na perna, beliscava o meu braço, ela estava faminta, e com muita saudade minha, também pudera, depois de tanto tempo. Eu virava para o canto e ela continuava, até que perdi a paciência e fui dormir no sofá, mas antes resolvi desabafar: "Por que você não me deixa dormir? Estou muito cansado e com sono". Sua Pulga Maldita.

UM RAIO DE LUZ

Às vezes nossa memória nos leva ao infinito de nosso passado, nos lembrando do tempo de criança até o presente momento, isso com algum espaço em branco, como se a gente estivesse dormindo e nada tivesse acontecido nesse período. Eu acredito que isso se dá aos fatos sem importância.

Outro dia, sentado em uma cadeira e apreciando o céu desde o quintal de minha casa, me veio a lembrança de quando eu tinha seis ou sete anos de idade, e morávamos em uma fazenda chamada Curral Queimado, no município de Itaguari-GO, a qual ainda pertence a uns primos, por parte de meu pai.

Éramos cinco irmãos, o mais velho devia ter uns oito anos de idade, e a caçulinha uns três aninhos, pois a diferença entres nós era de um ano e meio, mais ou menos.

Certo dia, nossa mãe nos deu banho, trocou nossas roupas, serviu o jantar lá pelas cinco horas da tarde, pois nas fazendas antigamente se jantava muito cedo, e nos disse: "Vocês vão brincar lá no curral, e tomem conta dos menores, que seu pai e eu vamos fazer uma visita ao Sr. João Viúvo, que mora a uns três km, mais ou menos, e logo estaremos de volta, e nada de artes".

Subimos na cerca do curral e começamos a cantar, cantar qualquer coisa, pois ninguém sabia cantar nada, e ao mesmo tempo batendo com um pedacinho de madeira em umas latas, era uma felicidade só, quanta alegria naquele momento entre nós. De repente, olhamos para o sol, que já se escondia por detrás das nuvens no horizonte, e percebemos que naquele momento descia um raio de luz tão lindo, da cor azul celestial, que tudo se tornou azul, acerca do curral, as paredes da casa, tudo era tão lindo que por mais que eu queira não consigo descrever.

Descemos da cerca e começamos a correr para ver se conseguíamos tocar naquele azul, que de repente começou a se desfazer até sumir o último pedacinho azul da parede da casa. Nunca consegui uma explicação para aquele fenômeno, o qual também se apagou da memória de meus irmãos.

Foi lindo, como a nossa infância que também se passou.

A VISITA

Assistindo a uma festinha de criança outro dia, fiquei observando a alegria e a liberdade de cada um que estava ali presente, pude observar também o corre-corre pra lá e pra cá daquela turminha maravilhosa, as brincadeiras estouvadas dos meninos com as meninas, e fiquei pensando como é bom ser criança e não ter responsabilidade com nada. Nisso veio em meu pensamento o meu tempo de criança, quando meus irmãos e eu morávamos na fazenda e o único compromisso que tínhamos era sermos felizes. A gente brincava o dia todo, corria de um lado para o outro, subia nas árvores, tomava banho na bica, fazia arte, ficava de castigo, mas tudo isso fazia parte da nossa rotina, e quando chegava a noite todos se reuniam no alpendre da casa, pra conversar e ouvir as histórias de nossos pais e às vezes de algum vizinho de fazenda que sempre vinha nos visitar.

Me lembro de uma vez em que recebemos a visita de dois irmãos que eram fazendeiros na região, Antônio e Geraldo, pessoas educadas e gentis, os quais eram muito queridos por todos nós. Eles chegaram lá por volta das sete horas da noite e ficaram conversando com meu pai, contando histórias do cotidiano, falando do trabalho do dia a dia, rindo de tudo e de todos. Meu pai pediu que minha mãe fizesse um café pra servir às visitas, minha mãe fez o café, serviu aos presentes e pôs o bule na chapa do fogão, e avisou que quando quisessem mais café era só servir, se desculpou com as visitas dizendo que ia dormir, pois estava muito cansada naquele dia, mesmo porque na fazenda naqueles tempos todos dormiam cedo.

E a conversa continuou animada, e a toda hora meu pai dizia: "Traga mais um cafezinho pra nós", e eu ia lá, buscava o café e servia a todos. Lá pelas onze horas, mais ou menos, as visitas levantaram e disseram que iam embora, pois tinham que acordar cedo para a luta do dia, foi quando meu pai disse para buscar mais um cafezinho para a saideira, no que todos concordaram.

Aí eu fui buscar, e checando o bule constatei que só havia uma meia xícara de café, fiquei sem saber o que fazer, não podia chamar minha mãe, pois ela havia dito que não era para acordá-la, "E agora, o que faço?", pensei, pensei e resolvi chamar o Divino jiboia, um rapaz que morava lá em casa e que também estava lá no alpendre ouvindo a conversa do pessoal.

Ele chegou até a cozinha e eu contei a ele que não tinha mais café no bule, e perguntei: "E agora, o que a gente faz?". Ele, mais que depressa, despejou o café do bule em uma xícara e disse: "Este é para o seu pai", e passou água fria na borra do café que estava no coador, despejou em duas xícaras e disse: "Estas são para as visitas, e lembre-se, não deixe seu pai pegar a xícara errada, senão nós estamos ferrados". E lá fui eu com a bandeja na mão e tremendo de medo de dar errado, na época eu tinha no máximo uns dez anos de idade, fui direto no meu pai e fiz questão de tirar da bandeja o café que era para ele, e passando em seguida para as visitas. Quando o Sr. Antônio e o Sr. Geraldo tomaram aquele líquido que estava em suas xícaras, olharam um para o outro, e os dois olharam para o meu pai que tomava tranquilamente o seu cafezinho requentado, terminaram de engolir aquela coisa, mal se despediram, foram embora e nunca mais voltaram lá em casa. E meu pai, coitado, morreu sem saber dessa história. Coisa de criança.

O BAILE NA ROÇA

Quem é da minha geração, nasceu e foi criado na fazenda deve ter muitas recordações dos bons tempos da nossa juventude. Naquela época não havia televisão, rádio eram poucas famílias que tinham, e diversão só os bailes ou pagodes de roça que a gente ia pra ver as moças e jogar truco. Quando conseguia vencer a timidez, me aproximava da menina cobiçada e a chamava para dançar, aí sim dançava até amanhecer, isso depois de parar de tremer feito vara verde. Eu confesso, foram os melhores anos da minha vida.

Certa vez, peguei minha bicicleta Monark aro circular ano 67, azul-esverdeada, que maravilha de veículo, farol da marca Cury, na estrada clareava igual a um carro, e fui a um baile próximo à cidade de Itaguari, na fazenda do Sr. Chico do Carro, me lembro que cheguei lá por volta das seis horas da tarde, já estava escurecendo e muitas pessoas haviam chegado, foi quando chegou o Lú numa Rural. O festeiro o chamou e pediu que ele fosse até a cidade e buscasse um ou dois policiais para manter a ordem na festa, além disso estaria presente com certeza o Inacinho, um cidadão que tomava umas e outras e começava a dar tiros para cima, quando não derrubava a barraca.

O Lú, como era conhecido por todos, logo me chamou para ir com ele; chegando lá, fomos à cadeia, fomos informados de que eles poderiam estar no cabaré ou zona. Lá realmente estavam os homens da lei, três ao todo, o comandante deles logo escalou os outros dois, que de imediato embarcaram no carro conosco.

Chegando lá, observamos que o baile já havia começado, a sanfoninha no seu *faram, fam, fam*, e no meio do salão os policiais viram o tal sujeito dançando e puderam observar que o dito cujo estava armado, e determinaram que nós não nos aproximássemos, e se possível nos escondêssemos atrás de alguma coisa, porque ia ter confusão. Eu e o Lú nos escondemos atrás de um trator que estava estacionado por perto e ficamos à espera dos acontecimentos.

    Os policiais chegaram de mansinho e foram direto no tal sujeito, que estava dançando e fingia que não via nada, tentaram desarmá-lo e foram surpreendidos, ele foi mais esperto, levou a mão na cintura de um dos policiais, tirou-lhe o revólver, levou pro alto e puxou o gatilho, foi aquele estrondo, a sanfoninha só fez assim, *faaammm*, e calou. Salve-se quem puder, o povo se evadiu do local de uma vez, avançaram sobre uma cerca de arame farpado que havia em frente da casa, que ficou toda enfeitada de tiras de panos das roupas dos foliões. Passados alguns minutos com aquele silêncio, todos apreensivos com o que teria acontecido, olhamos lá para o alto bem à frente da casa, onde havia uma lavoura de arroz, com a lua clara deu para ver as pessoas deitadas, parecia gado no meio do pasto.

    O tal sujeito saiu pela porta dos fundos, saltou o córrego no fundo do quintal e se mandou, depois de uma semana alguém foi até a cadeia levar o revólver do policial.

    Depois de toda a confusão, a sanfona começou de novo com o seu *faram, fam, fam* e tudo voltou ao normal e foi até o dia amanhecer. Esses foram com certeza os melhores dias da minha juventude.

ZÉ DO PONTO

(Parte I)

Na verdade, eu não havia parado naquele trecho da estrada para simular um problema no carro como queria insinuar, na verdade, eu queria mesmo era puxar assunto com aquele senhor, que por tantas vezes que eu passara por aquele local, sempre estava sentado ali em um banco de madeira improvisado.

Quando parei no acostamento, desliguei o motor, abri a porta do carro e de imediato ele me perguntou:

— Algum problema no carro, seu moço?

Era a deixa que eu precisava para puxar assunto com aquele senhor. Eu disse: — Não, só parei aqui pra conversar um pouquinho com o senhor, se não se importa.

— De jeito nenhum, ando muito sozinho e precisando mesmo de conversar com alguém — me disse ele.

Perguntei:

— O senhor mora por aqui perto?

Ele me reprimiu e disse:

— Me chame por você, pois temos aparentemente a mesma idade —, e disse que morava em uma casa às margens de um riacho a uns cinco km de distância dali. Sem que eu perguntasse mais alguma coisa, continuou:

— Moro sozinho, minha esposa me deixou há dez anos, terminei de criar os filhos com a graça de Deus, um rapaz e uma moça, que criados foram para a capital continuar os estudos e só aparecem por aqui de vez em quando pra ver se ainda estou vivo.

Criei coragem e perguntei:

— Você me disse que sua esposa lhe deixou há mais de dez anos, pra onde ela foi?

Ele encheu os olhos de lágrimas, ficou um instante em silêncio e por fim disse:

— Minha esposa me deixou, foi morar com Deus no além, e no seu leito de morte eu prometi esperar por ela o resto da minha vida, e por isso estou sempre aqui neste ponto esperando o ônibus passar na falsa esperança que ela vai chegar.

Pedi desculpas por não ter perguntado o seu nome, no que ele disse:

— Me chamo José Ferreira, mas pode me chamar de Zé do Ponto, por eu estar sempre aqui na estrada no mesmo horário me apelidaram. A princípio não gostei, mas fui acostumando, e assim sou conhecido no local.

— Você nunca quis mudar para a cidade grande onde moram os seus filhos?

E ele me respondeu com outra pergunta:

— O que um matuto assim como eu vai fazer na cidade grande?

E continuou...

— Seu moço, aqui eu sou feliz, ninguém me incomoda, tenho bons vizinhos que se preocupam comigo, tenho a natureza a meu favor que dá tudo que eu preciso. Não, seu moço, meu lugar é aqui onde fui muito feliz com a minha Mariana, e consegui criar os nossos filhos.

— Seu Zé, tenha certeza que sua Mariana de onde ela está vem te acompanhando e sempre que pode ela vem aqui no ponto lhe fazer companhia.

Ele deu um leve sorriso e disse:

— Sim, eu acredito nisso e às vezes sinto a presença dela comigo.

— Tenha certeza disso, amigo, Deus Todo Poderoso está sempre presente aqui com vocês.

Despedi-me do Sr. Zé do Ponto desejando-lhe muita paz e prometendo voltar outro dia pra conversarmos mais sobre tudo, no que ele disse:

— Será um prazer muito grande recebê-lo na minha humilde casinha —, e agradeceu-me muito.

Entrei no carro e continuei a minha viagem, e sempre pensando no Zé do Ponto e no bem que me fez aquele encontro com aquela criatura tão simples e tão amável.

(Parte II)

Passaram-se quase três anos desde o dia em que resolvi parar ali na estrada e puxar conversa com aquele cidadão que sempre que eu passava estava naquela estrada sentado naquele banco de madeira improvisado à espera de alguém ou à espera de uma condução, foi quando eu parei e fui puxar conversa com ele.

Agora, depois de tanto tempo e recordando da promessa que fiz, de visitá-lo um dia, e não mais o vendo naquele trecho da estrada, resolvi atrasar a minha viagem e procurar por ele.

Saí da rodovia, tomei uma estrada de terra que mais parecia uma trilha de gado, passei por uma velha porteira que, carcomida pelo tempo, se arrastava pelo chão, tive que me esforçar um pouco para levantá-la e abrir para que pudesse passar o carro.

Na nossa conversa ele disse que morava retirado da rodovia a uns cinco quilômetros, mais ou menos, e que se eu seguisse por aquela estrada de chão batido logo estaria na sua velha e humilde casinha, e que ficaria muito feliz em me receber, pois desde que ficou só e que seus filhos foram pra cidade grande não recebia muitas visitas. Depois de uns dez minutos, mais ou menos, cheguei na casinha, que na verdade não era bem uma casinha, era uma casa típica de casa de fazenda, feita de alvenaria com esteios de madeira, coberta com telhas comuns e grandes janelas de madeira pintadas de azul e já desbotadas pelo passar dos anos. Em frente à casa havia um pequeno cercado ou curral pra lida de gado, com as madeiras já caindo, carcomidas pelo tempo e os cupins.

Ao lado da casa, havia um paiol para guardar o milho e os cereais para se alimentar e para a alimentação dos animais.

Pelo abandono de tudo, pude perceber que não havia mais ninguém morando ali há muito tempo. Não vi nem uma galinha no terreiro, porcos, gado, nem mesmo os cachorros, que são os primeiros a darem as caras. No terreiro, por falta de cuidado, todas as plantas estavam secas, um abandono só.

Gritei pelo seu nome várias vezes e ninguém respondeu, ouvi um latido de um cachorro ao longe, que parecia ser na casa do vizinho mais próximo. Fui até a margem do riacho descrito por ele pra ver se via algum vestígio e nada.

Resolvi ir embora, fui até o carro e quando ia entrar para seguir a minha viagem, notei que ao longe vinha alguém ao meu encontro e resolvi esperar.

Um senhor moreno se aproximou e disse:

— Está procurando por alguém?

Eu disse que sim:

— Procuro pelo Sr. José Ferreira ou Zé do Ponto, nos conhecemos há uns dois anos lá na rodovia, ele me contou a sua história e quando me despedi dele prometi que qualquer dia vinha lhe fazer uma visita, e pelo visto lhe aconteceu alguma coisa, porque não vejo ninguém.

O senhor se aproximou de mim, apresentou-se e me disse que o Zé do Ponto ultimamente andava muito tristonho e um dia foi à sua casa e lhe disse: "Vizinho, a solidão mata, vou embora fazer uma viagem, se dentro de dois anos eu não voltar, faça-me um favor, entre em contato com os meus filhos e peça pra eles virem aqui e darem um destino pra essa propriedade". E foi tudo. Ainda perguntei pra onde ele ia. No que me disse:

— Vou pelo mundo atrás de Mariana.

Antes de me despedir do senhor, ainda lhe perguntei: "Faz muito tempo isso?". E ele respondeu que já havia passado mais de um ano.

Despedi-me do homem que ali estava, desejando-lhe um bom dia e até uma próxima vez.

No caminho fui pensando:

— Por onde anda o Zé do Ponto?

E falei comigo mesmo:

— Ele deve estar bem, pois Deus é pai e não desampara ninguém!

(Parte III)

De novo trafegando pela rodovia do Zé do Ponto, reduzi a velocidade e fui devagar observando o local onde ele costumava ficar à espera de sua amada esposa, que há muitos anos partira para ir morar junto de Deus. Lembrei de toda a história que ele me contou, da promessa que lhe fiz de um dia ir lhe fazer uma visita. Lembrei do dia que fui pagar a minha promessa e quando lá cheguei já não morava mais ninguém, tudo estava abandonado, apenas o vizinho ficara encarregado de tomar conta da propriedade, e se ele não voltasse até dois anos, que entrasse em contato com a sua família para que eles dessem um destino à propriedade, pois ele iria pelo mundo em busca de Mariana. Nisso pude observar que havia um fato novo naquela história, verifiquei que a velha porteira que se arrastava pelo chão já não era a mesma.

Parei o carro no acostamento e fiquei ali por alguns minutos pensando no que teria acontecido:

— Será que os filhos do Sr. José Ferreira resolveram vender o sítio? Ou será que ele tinha voltado depois de tanto procurar por alguém?

A curiosidade falou mais alto e pensei, pensei e resolvi dar uma chegada até a sede para ver o que estava acontecendo. A estrada, antes apenas uma trilha de gado, já era uma estrada toda patrolada, os pastos, antes sujos com bastantes ervas daninhas, já estavam bem cuidados e sobrando pastagens, se bem que vi muito poucas cabeças de gado. Tudo indicava que o sítio havia sido vendido, pois tudo estava diferente, observei que o curral estava todo reformado, tábuas partidas haviam sido trocadas por novas, a casa toda pintada de novo na cor branca e as enormes janelas e portas de madeira todas pintadas de azul imperial, estava simplesmente lindo. Desci do carro e resolvi bater palmas, e curioso para ver quem ali ia aparecer. Que surpresa! Chega o próprio Zé do Ponto sorridente, irradiando alegria e felicidade. A princípio ele não me reconheceu, pois fazia muito tempo que estive com ele lá na estrada. Quando lhe contei quem era, ele disse:

— Sim, me lembro, você parou o carro e veio conversar comigo. Que legal que você apareceu.

Aí eu lhe disse que estivera ali na sua propriedade tempos atrás e que o seu vizinho apareceu e me disse que ele tinha deixado tudo e saiu pelo mundo à procura de Mariana.

Ele parou por alguns segundos, ficou sério e depois disse sorrindo:

— É a mais pura verdade, fui pra Minas Gerais, estive em Belo Horizonte e cidades vizinhas, na rodoviária e sem destino, passei em frente aos guichês das companhias de ônibus quando vi escrito 'Ouro Preto, Mariana'. Perguntei para mim mesmo, Mariana? É pra lá que vou.

Fiquei ouvindo, e ele, empolgado, continuou a sua história: "Chegando lá, procurei por uma pensão, me hospedei e fiquei por ali apreciando aquela cidade encantadora e cheia de história em tudo que se via. À noite saí para jantar e fui procurar algum restaurante, e foi lá que tudo começou, encontrei uma senhora muito distinta, de uns quarenta anos, que trabalhava ali no local como atendente, e ela se aproximou de mim e perguntou: 'O senhor deseja jantar?', eu disse que sim".

"Ela serviu o jantar e como eu era o único ou o último cliente, convidei-a para se sentar e foi assim que nos entendemos, me disse que trabalhava ali naquele restaurante de um familiar porque havia ficado sozinha pelo mundo, pois o seu marido havia falecido".

"Contei a minha história e a convidei para vir comigo para Goiás, que eu tinha um sítio e vivia só desde que minha Mariana foi morar junto de Deus. Ela levou um susto e perguntou: 'Você disse Mariana?' 'Sim, era o nome dela, por quê?' E ela, em um sorriso tímido, disse: 'Porque esse também é o meu nome'".

"A partir daí quem se assustou fui eu, e já faz seis meses que ela aqui está morando comigo e estamos numa felicidade só".

Depois de me apresentar a sua Mariana, por sinal muito simpática, despedi-me do casal desejando-lhes felicidades eternas, e no caminho lembrei do que eu disse em pensamento, que Deus realmente é Pai e nunca desampara seus filhos.

FIM